AQUÍ, AHORA

Novela Romántica (Maelström 2)

KIMBERY JOHANSON

ÍNDICE

Aquí, Ahora   v

©Copyright 2021 por

Kimberly Johanson

ISBN: 978-1-63970-028-8

Todos los derechos Reservados
De ninguna manera es legal reproducir, duplicar ni transmitir ninguna parte de este documento en cualquier medio electrónico o en formato impreso. Queda prohibida la grabación de esta publicación y no está permitido ningún tipo de almacenamiento de información de este documento, salvo con autorización por escrito del editor. Todos los derechos son reservados. Los respectivos autores son dueños de todos los derechos de autor que no sean propiedad del editor.

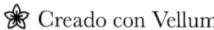 Creado con Vellum

AQUÍ, AHORA

El olor lo golpeó y él se atragantó. Su estómago se encogió de miedo. Él sabía lo que significaba ese olor. Tomando una respiración profunda, entró. El remolque estaba en la oscuridad, el hedor de la muerte era abrumador. Oyó el zumbido de las moscas, encendió su linterna, una mano en el revólver de servicio por si acaso.

Una mujer yacía desplomada desnuda en una silla al otro extremo del remolque. En el suelo, junto a ella, una navaja de mango largo. Sus muñecas, su cuello, cortados en pedazos. Su sangre rociada sobre la mesa frente a ella, los gabinetes, la desgastada banqueta. Se hizo un charco en el suelo.

'¿Usted ve algo?'

Era el vecino curioso que lo llamó. Él no le hizo caso y movió la luz de la linterna lentamente alrededor de la habitación. La mujer era bonita, china pensaba él, su largo cabello negro sobre la sangre en el suelo, con los ojos de ónice nublados y distantes. Sacudió la cabeza. Un desperdicio. Se fijó en el desorden de los mostradores. Detrás de él estaba la puerta del dormitorio entreabierta. Asomó la cabeza, no queriendo perturbar nada. Los oficiales de la escena del crimen estarían aquí pronto y él tendría que dar cuenta de todo lo que tocaba.

El haz de la linterna pasó sobre la cama, la mesa de noche, condones, lubricante. Parece que el vecino tenía razón. La mujer muerta había sido una profesional. Él suspiró. Para él, no hacia ninguna diferencia lo que había sido.

Un desperdicio.

Se acercó a la cocina de nuevo y enfocó su luz sobre la mesa en el otro extremo. Dos platos, bocadillos a medio comer, un vaso, una botella de vodka, píldoras, una taza de entrenamiento.

Una taza de entrenamiento.

Su corazón saltó en el pecho y fue entonces cuando lo oyó. ¿Un susurro... o una canción?

Recibí la alegría alegría alegría alegría profundamente en mi corazón...

Apenas podía entenderlo. Él movió la luz hacia debajo de la mesa y vio un pequeño pie. Se dejó caer de rodillas, sin preocuparse de si estaba encima de la sangre. Apuntó la luz a la esquina y la vio.

Una niña. No más de cinco años de edad. Ella parpadeó con los ojos abiertos, oscuros, asustados.

'Oye,' con voz suave. 'Oye, dulce niña... oye. No tengas miedo.'

La chica estaba vestida sólo con camiseta y ropa interior. Empapada en sangre. Le tendió una mano para que ella la tomara. Ella lo miró y se recogió aún más en la esquina. Él le sonrió amablemente.

'Está bien, dulzura. Soy un oficial de policía. ¿Sabes qué es eso?'

Sin dejar de mirarlo fijamente, ella asintió lentamente. Entonces, el corazón de él dio un salto cuando vio los brazos de ella. Rayas verticales en sus pequeñas muñecas. Cada emoción llegó a continuación: ira, enojo, angustia. Sensibilidad. Él le sonrió de nuevo.

'¿Vendrías hacia acá conmigo, dulzura? Déjame ver tus manos, ¿Puedo curarlas?'

No sabía por qué ella vino, pero lo hizo - se arrastró, aunque lentamente, hacia él y no protestó cuando él la tomó en sus brazos. Era una pequeña cosa pequeña, cabello castaño oscuro, piel más clara que la de la mujer muerta. Él podía apostar que el padre había desaparecido hacía mucho tiempo si era que la mujer había sabido quién era. La chica lo miró, su piel, de color marrón oscuro, brillaba a la luz de la linterna. Ella le tocó su cara como si no pudiera creer que él estuviera realmente allí.

'¿Cuál es tu nombre, dulce niña?'

La boca de ella se movió, pero no se escuchaba nada.

'Lo siento. No he oído lo que has dicho. ¿Ayudaría si te dijera mi nombre?' No estaba seguro de si ella lo entendía ahora. Él sacó la tarjeta de identificación de su bolsillo y se la mostró. Ella tocó la imagen en la tarjeta y a continuación su rostro y él asintió con la cabeza, sonriendo.

'Así es, ese soy yo. Mi nombre es George G-E-O-R-G-E. George. Mi apellido es Madrigal, como la canción. ¿Conoces tu nombre, dulce niña?'

Ella asintió lentamente, se inclinó a su oído y le susurró. George le sonrió.

'Estoy muy contento de conocerte' - Él quitó un poco de cabello de los ojos de ella. '- muy contento en verdad, mi dulce niña Sarah'

Ahora...

Cuando Sarah cerró los ojos, ella aun podía verlo. Oler la sangre. Podía ver sus intestinos, sus pulmones, todos sus órganos que fueron arrancados de él, brotando sangre y pedazos sobre el linóleo.

Ahora, él estaba cubierto con una sábana blanca, su rostro 'reparado' por el empresario de pompas fúnebres, ella se quedó mirando el rostro del único padre que había conocido. Ella se ofreció para identificar formalmente el cuerpo de George para que nadie más tuviera que verlo destrozado de esa manera. No se le permitió tocarlo, pero se inclinó y le susurró en la oreja: 'Lo siento.'

Sintió la cálida mano de Isaac contra su espalda.

'¿Cariño?', Se volvió y el la atrajo hacia él. No podía llorar más, tenía los ojos enrojecidos, la garganta seca como la yesca, pero la sensación de los brazos de Isaac a su alrededor le dieron comodidad. Sintió los labios de él apretados contra su frente.

'Vamos a casa, bebé'.

Ella asintió y pronto estuvieron de vuelta en su apartamento. Él la hizo tomar un baño caliente y luego ir a la cama, y él se acostó a su lado, acariciando la cara de ella hasta que se durmió.

Los Marineros perdían. Finn se movió en su asiento, deseando poder concentrarse en el juego. Él y un par de colegas de la ciudad habían salido a conseguir perros calientes y cerveza, Safeco rugía a plena capacidad.

Finn levantó la gorra sobre sus ojos. No podía dejar de pensar en Sarah. Ella había sido tan herida, tan devastada, que su estómago se retorció al pensar en ello. Él sólo había querido abrazarla y hacerla sentir mejor, pero Isaac estaba allí, y no habría parecido apropiado. Era extraño como funcionaba. Sarah era su hermana, su familia y ahora había alguien en su vida que llenaba cada momento para ella. Mientras ella fuera feliz, Finn se encogió de hombros y dejó escapar un largo suspiro. Además... ahora él tenía su propia familia para pensar.

Después de que llegar a casa luego de las largas horas de trabajo, posteriormente del asesinato de George, Caroline había estado sonriendo, casi deleitada. Embarazada. Cristo, ¿cómo diablos sucedió eso? Había dormido con Caroline dos veces en el último año. En ambas ocasiones, él había bebido demasiado. *Jesús*. Finn maldijo entre dientes. No era sólo que no estaba preparado para un niño, además, no le gustaba esto, no con ella. Embarazada. ¿Creía él que el bebé era suyo? Realmente no. Y no le importaba si Caroline le fue infiel - sabía a ciencia cierta que lo había sido muchas, muchas veces. Aun así, no podía darle la espalda sabiendo que el niño podría ser suyo, no estaba en su sangre abandonar a la familia.

Maldición. Se inclinó hacia delante, tratando de detener el dolor sin fondo en su corazón. Una copia del *Seattle Times* estaba metido debajo del asiento frente a él. Una foto le llamó la atención. Le dio un tirón para liberar el periódico. Un titular. *Brutal asesinato en Seattle se desarrolló...* Finn leyó la historia rápidamente, pero sus ojos seguían siendo atraídos por la foto, ojos oscuros, cabello oscuro. Se parecía a Sarah. Finn sintió una oleada de náuseas. *Te estás volviendo loco, hombre.* Sin embargo, arrancó la página del resto del periódico y la metió en el bolsillo. La escena de pesadilla en casa de George, las manchas de sangre en las paredes. Eres la próxima. Alguien estaba apuntando a Sarah y se condenaría si dejaba que algo le ocurriera.

'Amigo, ¿durmiendo?' Hank, uno de los policías de la ciudad, le golpeó el hombro. 'Te estás poniendo viejo, hombre.' Finn le mostró una media sonrisa y tomó la cerveza que le ofrecía.

La semana siguiente, toda la comunidad acudió al funeral de George.

Sarah realizó el velorio en la casa. Se mantuvo ocupada con el servicio de la comida y atendiendo a los invitados, no fue hasta el final de la tarde que se las arregló para conseguir un momento para sí misma. Ella se coló por la puerta trasera y, quitándose los zapatos, se sentó en los escalones del porche. Se apoyó en la barandilla y cerró los ojos. Un dolor palpitante le hacía doler el pecho. Los últimos días habían sido horribles. La casa de George había sido acordonada y los investigadores de la escena del crimen estaban por todas partes. El Varsity había estado lleno de clientes que querían saber lo que pasó, todos bien intencionados pero agotadores. Algunas veces, se había escondido en la trastienda, mientras que Molly trataba con algunos de los más emocionales.

Desde adentro escuchó a Isaac preguntarle a Molly si había visto a Sarah y sonrió.

'Aquí afuera, bebé.'

Él había sido su roca, su protector esta última semana, atravesando el constante cuestionamiento de los detectives de homicidios. *¿Conoce alguna razón por la que alguien querría matar a George Madrigal? ¿Quién querría matarla a usted? ¿Por qué no denunció las cartas?*

Ahora pensaba en eso, mientras miraba, por encima de los árboles que conducían a la bahía, al oscuro cobertizo de botes en el borde del agua. Tanta pérdida. Se enjugó una lágrima.

Isaac se sentó a su lado, se sacó la corbata, se desabrochó el cuello. Le guiñó un ojo, alcanzándola y pasándole una mano suavemente por atrás de su cabeza. Ella se apoyó en su contacto.

'¿Cómo lo llevas, querida? '

Ella asintió nuevamente. 'Bien. ¿Qué hay de ti?'

'Igual.' Él le dio una sonrisa triste. 'Lo hiciste bien, un servicio encantador, agradable velorio.

'Es lo menos que podía hacer.' Su voz tenía se quebró.

Isaac frunció el ceño e inclinó su rostro al de ella. 'Oye.' Ella lo miró. Puso su cabeza a su lado y sonrió. 'No es tu culpa.' Él deslizó su mano atrás de su cuello. Había lágrimas en sus ojos. Ella las apartó mientras caían por sus mejillas. Isaac apretó los labios contra su sien. 'Te amo.'

Se apoyó en él por un momento. 'Y yo a ti.' Miró a Isaac, elegante en su traje oscuro y sonrió.

'Te ves hermoso de traje.'

Sonrió, engreído. 'Oh, lo sé. 'Ambos rieron en voz baja y luego él la besó suavemente en los labios. 'Lo siento mucho, Sarah. No me puedo imaginar lo que esto ha sido para ti. Me hubiera gustado conocer a George un poco mejor '.

Sarah sonrió. 'Era el hombre más dulce, la persona más dulce que he conocido. En serio, no encontrarás ninguna persona con una mala palabra que decir. Tú le habrías amado también, Isaac. No hay nadie que él no haya ayudado, o intentado mejorar sus vidas.'

Su expresión se volvió sombría.

'No puedo imaginar lo mucho que lo echas de menos.' Le dijo Isaac con la mano en su brazo.

'Lo extraño. Todos los días.' Se volvió hacia él, con los ojos grave. 'Me gustaría... me gustaría tanto haber reportado las cartas, es que parecía una cosa tan pequeña, que no quería hacer una queja. '

Las lágrimas llenaron sus ojos y negó con la cabeza. 'Y me odio todos los días por eso. Es sólo que... '- suspiró pesadamente - '. No es justo, él debería estar aquí todavía.'

Isaac estudió su cara durante un largo momento. '¿Crees que deberías haber sido tú la que muriera, en lugar de él?'

Ella asintió. Isaac dio un paso acercándose a ella y puso el brazo alrededor de sus hombros. 'Sólo hay una persona a quien culpar y es a ese psicópata que está haciendo esto. '

Ella sonrió débilmente. 'Lo que no entiendo es... ¿por qué no me mata? Si soy yo detrás de quién él o ella está, entonces, por qué no me mata a *mi*'.

Isaac palideció ante sus palabras. 'No quiero volver a oírte decir eso de nuevo, Sarah. Nunca. Jesús.'

Se apartó de ella y se levantó. Lo observó mientras se paseaba alrededor del porche y luego bajó la mirada hacia ella. '¿De verdad crees que podría seguir sin ti? Eres mi amor, Sarah, mi vida. Nada te va a pasar a ti '.

Él contuvo profundamente la respiración y luego extendió las manos. Las tomó y él la ayudó a levantarse. 'Prométeme,' dijo Isaac en voz baja, 'que estaremos en esto juntos. Vamos a luchar juntos.'

Ella apretó los labios a los suyos. 'Te lo prometo, Isaac. Te amo.'

La llevó de vuelta a la ciudad esa noche. Sarah le había dicho que no quería estar cerca de la isla por unos días y acordó con Molly, que el Varsity debía cerrar durante una semana. Sarah había insistido en pagarle a Molly más del doble de sus vacaciones forzadas pero Molly no lo había aceptado.

'De ninguna manera sonrió. Esto es momento de familia. Necesitamos esto.'

Mientras el ascensor subió al ático de Isaac, se besaron, con ternura, suavemente al principio y luego cuando entraron en la sala de estar, Sarah comenzó a desabrocharse la camisa, el aliento enganchado en su garganta. Isaac agarró sus manos para detenerlas, buscando sus ojos con su intensa mirada.

'¿Estás segura…?'

Sarah se puso de puntillas y apretó los labios firmemente contra los de él. 'Hazme olvidar, Isaac, esta noche hazme el amor y hazme sentirme feliz, y...'

Nunca terminó la frase. Con un gemido, Isaac la tomó en sus brazos, besándola ferozmente mientras la desnudaba antes de levantarla en sus brazos y llevarla al dormitorio.

Finn levantó la vista y miró hacia fuera de la ventana. Su estado de ánimo empeoró cuando vio a Caroline caminar hacia el automóvil y entrar en él. Probablemente iba a ver uno de sus monigotes. A él realmente, *verdaderamente*, no le importaba.

'Sigue adelante y déjame', murmuró para sí mismo. 'No quiero nada de ti.'

Vio a Caroline darle la vuelta al automóvil y conducir hacia el otro lado de la isla.

Cerró los ojos. Las últimas semanas habían hecho mella en él; su preocupación por Sarah, el dolor por la muerte de George. ¿Quién demonios haría eso a otro ser humano para empezar? Y ¿por qué, por el amor de Dios, alguien querría hacer daño a *Sarah*? Sarah, que nunca tuvo una palabra desagradable para ninguna persona (excepto Caroline, Finn sonrió para sí mismo, pero el constante antagonismo de su esposa la hizo su blanco). Sarah, que finalmente tenía, *finalmente* encontró a alguien que fuera digno de su amor, de su buen corazón. A Finn le gustaba mucho Isaac Quinn. Después de que Sarah había encontrado a George, él e Isaac habían trabajado en conjunto para sostenerla en una pieza, sacarla de allí, a casa, a salvo. Y ahora alguien quería matarla. ¿Por qué?

Él apartó su pensamiento. *Es solo porque ella es hermosa, idiota. Es una cuestión de posesión, obsesión, locura. No. No.* Algo, una chispa cruzó por su mente.

Metió la mano en su chaqueta y sacó el papel con la noticia que había arrancado en el periódico. Miró a la chica de la foto. Joven, una chica americana bastante asiática, muerta a puñaladas en Seattle. Sin motivo aparente. Un asesinato pasional, dijo la policía, un delito sexual. Finn sabía que estaba desesperado buscando respuestas donde no las hay, pero aun así encendió su computadora y comenzó a buscar. Lo había hecho tantas veces desde que Dan había desaparecido, cada vez no encontraba nada sobre el tipo, pero cada vez con la esperanza de que habría algo. Una pista. Un indicio de dónde estaba y dónde había estado. ¿Acaso estaba Molly en lo cierto? ¿Había él regresado? *Estás cerca, amigo.* Finn apretó los dientes y volvió a la pantalla.

Comenzó una búsqueda a nivel nacional. Las agresiones sexuales, los casos de acoso. Finn consideró por un momento y añadió 'asesinatos.' Él sabía que estaba siendo poco razonable, que su disgusto por Dan era principalmente debido a la forma en que el hombre había tratado a Sarah, pero decidió que si iba a buscar de todos modos...

Perfil de la víctima: Mujer, de veinte a treinta y cinco, de construcción pequeña, pelo largo y castaño, ojos marrones. Asiática americana.'

Empezó a correr la búsqueda y cogió el teléfono. Era hora de empezar por el principio. Dan era de Luisiana – bueno, según lo que él le había dicho a Sarah. Tecleó el número y esperó.

'Departamento de Policía de Nueva Orleans ¿a quién puedo dirigir su llamada?

Ella sintió que sus dedos flotaban suavemente por su espalda y sonrió. Abrió los ojos para ver a Isaac a su lado, apoyado en un codo, sonriéndole. Ella se puso de lado, estirándose para alejar el dolor de las extremidades antes de inclinarse para besarlo.

'¿Estás bien?' Su voz era tan llena de amor que ella la disfrutó un segundo antes de responder.

'Mientras que estés cerca, siempre lo estaré.'

El trazó una línea con sus dedos alrededor de los labios de ella. 'Sarah... amor... ¿podemos hablar de nuestro futuro? ¿Seriamente? Estoy tratando de contenerme de llevarte arrastrando al ayuntamiento en este mismo momento y casarme contigo –' él sonrió cuando dijo eso y ella se rio, 'pero al menos quiero que avancemos ahora. Te amo y me gustaría que viviéramos juntos.'

Sarah sonrió y se enterró en el hueco de su brazo. 'A mí también me gustaría eso. Aun después de este breve periodo de tiempo, esto se siente bien, ¿no es así?'

Isaac sonrió. 'Oh sí. Entonces, geografía. Yo, obviamente, tengo que tener una base aquí, pero estoy feliz de vivir en la isla; en realidad, en cualquier lugar está bien.'

Hablaron durante casi toda la mañana sin decidir nada en concreto, pero eso no importaba -entre hacer el amor apasionadamente y hablar, eran casi las tres antes de que se vistieran.

'¿Qué te parece ir a la ciudad, recoger las últimas ediciones, y apropiarnos de una mesa en un bar que conozco?'

'Dios, me parece que suena perfecto.'

Isaac chocó la mano con ella en lugar de aprobación. 'Luego, más tarde, vamos a ir a buscar algunos callejones oscuros y...'

'Usted es un niño tan sucio,' Sarah se rio y él la agarró por la cintura y le dio la vuelta. 'Vamos, Don Juan, vamos a beber hasta atontarnos.'

La llamada a Nueva Orleans no había producido nada, pero el chico en el teléfono había prometido averiguar con los otros oficiales. Finn se dejó caer pesadamente en su escritorio. *Maldición.* El protector de pantalla en su ordenador se había activado y accionó el ratón con el movimiento. Entonces vio los resultados de su búsqueda.

Una sensación de temor, de certeza, se posó sobre él mientras leía la pantalla. El aliento se congeló en sus pulmones. San Francisco. Auburn. Wilmington. Colorado Springs. Más de una docena de lugares en todo el país. Todas ellas se parecían a la chica muerta en la ciudad. Iguales a Sarah. Finn podía sentir su corazón bombear fuertemente, sentía el rugido de la sangre en sus oídos. No había ninguna prueba, ninguna razón lógica para pensar que Dan habría tenido nada que ver con estos homicidios, de que él fuera ningún tipo de criminal en absoluto. Finn se quedó mirando las fotos de la escena del crimen de las chicas muertas. Ojos almendrados, largo pelo oscuro, piel dorada luminosa. Pero aún así, esa no era la verdadera razón por la que Finn sentía que todo su cuerpo se debilitaba de golpe. Había visto esto antes, el horror, la forma salvaje en que murieron estas mujeres. Lo había visto en la casa de su buen amigo, George Madrigal.

Finn casi llegó al baño antes de vomitar.

Molly estaba agotada por el tiempo que le tomó llevar los niños a la cama. Mike, su marido siempre fiable, había ayudado, pero se había dejado caer en su sillón, por el juego en la TV, aunque ahora escuchaba a Mike roncar suavemente. Molly sonrió con afecto y cerró la puerta de la sala de estar. Por primera vez en varios días, ella tenía un rato para sí misma, aunque en lo único que podía pensar era en dormir. Cada hueso de su cuerpo le dolía. Se levantó para hacerse un chocolate caliente y miró por la ventana, al otro lado de la calle, al silencioso Varsity.

'Maldición', dijo en voz baja. Una de las ventanas traseras estaba abierta - ¿Cómo diablos se nos pasó esto? dijo Molly, murmurando para sí misma, se puso las zapatillas y se dirigió hacia la puerta.

Ya en el Varsity, cerró rápidamente la condenada ventana y se giró para volver a casa cuando lo oyó - o más bien, lo sintió. Un movimiento, una vibración bajo sus pies. Molly frunció el ceño. ¿Terremoto? No, pensó, mientras miraba de nuevo por la ventana. No se veía como si lo demás estaba temblando. Algo definitivamente estaba haciendo temblar el suelo. Caminó hacia la puerta de la cocina, la abrió y entró en el oscuro salón de la cafetería.

La máquina de café expreso trepidaba y derramaba el líquido marrón oscuro en el suelo. Molly encendió una lámpara y se maldijo a sí misma. Sacó el cable de alimentación de la pared y agarró un paño, dejándolo caer en el charco de café, y empaparse. ¿Cómo demonios la máquina de café había quedado prendida? Molly enjuagó el trapo y limpió el suelo.

Desde el otro extremo de la casa de café, el sonido de una mesa raspando el suelo de piedra hizo que su corazón se detuviera.

Molly levantó su cabeza y escudriñó en la turbia oscuridad. Su pecho galopaba, ella miró hacia el sonido. A través de su miedo, ella no podía decir si estaba imaginando a alguien más respirar o si eran sólo sus propios jadeos temblorosos, nerviosos. Luego lo oyó. Una risa baja. La mesa se movió de nuevo y ella salió corriendo, cerrando la puerta detrás de ella. Se precipitó por las escaleras y maldijo a continuación cuando se dio cuenta de que la puerta se había cerrado detrás de ella. Miró hacia atrás por las escaleras. No había cerradura entre la puerta del cuarto trasero y sus escaleras. Se deslizó hacia abajo y abrió la puerta de atrás. Cuando se deslizó hacia fuera, le pareció oír abrir la puerta de la trastienda.

No veía detrás de ella mientras corría, casi deslizándose en la nieve congelada. Ella corrió por el callejón de la parte trasera del Varsity, patinando hasta detenerse cuando vio pasar una sombra al final del callejón. Su respiración era ahora sollozos mientras consideraba qué hacer. Si volvía a lo largo del callejón significaría estar fuera de la vista de la calle principal por más tiempo que si pasaba el callejón a lo largo hacia la parte posterior de la cafetería y la casa de sus vecinos. Pero entonces, ella pudo ver un espacio libre al final y que por lo menos estaba bien iluminado, Molly, descalza y congelada, se deslizó hacia atrás a lo largo del callejón.

Estaba casi al final, cuando él la cogió

Se habían instalado en el pequeño bar de la 2da Avenida. El bar estaba lleno, pero se las habían arreglado para conseguir un asiento cerca de la ventana. Había empezado a llover con fuerza afuera, un típico otoño en Seattle. En el interior, el bar zumbaba con sonidos bajos, la gente charlando, riendo. Sarah había dirigido a Isaac casi en forma autoritaria al sofá y luego se dirigió a la barra para conseguir algunas bebidas.

Dando las gracias al camarero, Sarah se pavoneó frente a un Isaac sonriendo.

'¿Qué tienes allí detrás de tu espalda, atractiva mujer?'

Ella le hizo un guiño y le entregó la botella. *Tiffin*. Empezó a reír.

'No te creo.'

'Mi amigo Josh allá, te va a hacer ese cóctel.' Ella se apartó y llevó la botella de nuevo a la barra.

Finn sacudió la cabeza, riendo. No podía creer que hubiera recordado su broma del día que se conocieron. Cuando regresó, él le sonrió.

'¿Cómo recuerdas lo que era?'

Sarah se dejó caer en el sofá junto a él. 'Lo busqué.'

Isaac bromeó con ella. '¿Lo buscaste? ¿Por qué?'

Ella se sonrojó y sonrió. 'Porque...'

'Ah. Algo de esa cosa pegajosa.'

'Sí.'

La atrajo a su regazo y la besó. '¿Alguien te ha dicho que eres totalmente adorable?'

Josh, un hombre alto y desgarbado con el pelo rubio largo y una barba estilo chivo, les sonrió cuando trajo los dos vasos y los puso delante de Sarah e Isaac.

'Buena suerte con eso', sacudió su cabeza, divertido. 'Hay una gran cantidad de alcohol allí.'

Sarah e Isaac recogieron sus vasos y se echaron miradas dudosas el uno al otro.

'No sé, se ve...'

'¿Asqueroso?'

'Sí. A la cuenta de tres. Uno, dos, tres.'

Ambos tomaron un trago - y ambos pusieron la misma cara.

'Por Dios,' Isaac tragó y mantuvo su lengua afuera. 'Esto es jodidamente asqueroso.'

Sarah asintió. 'Sí, ¿de dónde sacaste esta receta?'

'Google'.

'¿Hazme un favor? La próxima vez sólo enfócate a la pornografía.'

Josh les trajo algunas cervezas, riéndose de los vasos medio llenos del cóctel mientras los recogía. Sarah se acurrucó en los brazos de Isaac mientras estaban sentados en el sofá, mirando la lluvia. Se sentía una paz que no había sentido desde la muerte de George... no, quizás desde que, desde que Dan se había ido. Era él, Isaac, su presencia en su vida la sujetaba, la reconfortaba, y además de eso, ella confiaba en él. Pasó su mano acariciando su duro pecho y él se volvió sonriéndole a ella.

'Quiero saber más acerca de ti,' le dijo ella. 'Siento que todo este drama que ha sucedido ha eclipsado el conocerte.'

Él apartó con suavidad un mechón de su cabello, sonriendo. '¿Qué te gustaría saber?'

'Cualquier cosa. ¿Cómo comenzaste tu negocio? ¿Qué

querías ser cuando eras niño? Tu historial de citas.' Ella sonrió a esto último cuando las cejas de él se levantaron.

'Oh, esa etapa de nuestra relación, ¿es cómo – los Expedientes del Sexo?

'Al igual que Mulder y Scully, pero más sucio. Vamos, dame detalles, dame, dame.'

Isaac pellizcó la nariz de ella con cariño. 'Bien, pero dando y dando. ¿Quién fue tu primer novio?.'

Ella fingió que pensaba. 'Jiminy Billy-Bob.'

'No.'

'No.'

'Sabelotodo. De acuerdo, para endulzar el trato, mi primera novia fue Becky Mayberg. Fuimos al baile de graduación juntos y entonces ella me dejó por un chico matemático.'

'Devastador.'

'Si. Tu turno.'

Sarah sonrió. 'Mi primer novio fue Simon Le Bon. No, en serio. No el famoso, por supuesto. Éste tenía siete años. Salimos a pasear una tarde entera.'

'Amor verdadero.'

'El más verdadero de todos. Después de eso - y no dudes en burlarte - mi próximo novio fue Dan.'

Isaac se quedó mirándola. 'De ninguna manera. ¿Te has visto?'

Sarah se encogió de hombros con buen humor. 'Las citas simplemente no me interesaban. Me refiero salí en citas antes de Dan pero no resultó nada de ellos.'

'¿Por qué fue Dan diferente?'

Sarah estuvo en silencio durante un tiempo. '¿Sabes qué? No creo que lo sé, sólo lo era.'

Él no presionó más sobre el tema. 'Yo estuve comprometido por un tiempo.'

Las cejas de ella se levantaron. '¿De Verdad? ¿Qué pasó?'

Isaac sonrió. 'Se casó con mi hermano.' Sarah, que había

estado bebiendo su cerveza, tuvo que cubrir su boca cuando se atragantó con su bebida.

'¿Qué? ¿Estabas comprometido con Maika?'

Isaac se rio de ella y ella frunció el ceño. 'Oh, estás tomándome el pelo de nuevo.'

Isaac sacudió la cabeza, sin dejar de sonreír. 'No realmente. Salía con Maika en la universidad, me comprometí, pero luego fuimos a casa de mis padres para las fiestas, y Saul estaba allí. Era obvio para todos que ellos estaban destinados el uno para el otro.'

Sarah estaba boquiabierta a él. 'Y tú solo...'

Isaac se encogió de hombros. '¿Te imaginas estar casado con alguien que está enamorado de otra persona? ¿Con quién estaba destinado para otra persona? Me encantaba Maika, sí, pero hasta que te conocí, no me di cuenta lo que significaba *el amor*. Totalmente diferente.'

Sarah suspiró. 'Maldición.'

'¿Qué?'

'*Eres* perfecto. Muy molesto.'

Isaac se echó a reír ante eso. −'Créeme, No lo soy. Pero creo que soy perfecto para ti, *quiero* ser perfecto para ti.'

Sarah apretó sus labios con los suyos, duros, feroces, sus ojos se llenaron de lágrimas. 'Te amo.'

Él le cogió la cabeza entre las manos y la sostuvo, besándola profundamente, totalmente ajenos a las miradas divertidas de las otras personas en el bar.

Sus pies deslizaron debajo de ella y cayó al suelo frío. Molly se volteó sobre sí misma y utilizó los puños, los pies, para golpear al cuerpo de su atacante mientras trataba de agarrar sus muñecas. Vio el brillo del metal en la mano y su estómago se contrajo. Ella lo agarró fuertemente por su boca, sintió la hilera de dientes a lo largo de la piel de sus nudillos y el echó la cabeza hacia atrás. Ella dejó caer el filo de su mano en la nariz de él y él cayó lejos de ella. Entonces ella se recuperó, se puso de pie y se deslizó hacia atrás del callejón, al oír su rugido.

Cuando llegó a la puerta del Varsity, sintió una punzada aguda en la espalda y ella gritó de dolor. Ella se lanzó adentro como pudo intentando cerrar la puerta mientras él la agarraba, tirando de su suéter. Puso todo su peso contra la puerta mientras él trataba de vencerla, tirando su propio peso contra ella. Molly se quedó sin aliento por el esfuerzo, pero en su interior sabía que era inútil. Él era demasiado fuerte. Lanzó un grito de terror cuando el cuchillo atravesó a través de la madera de la puerta, pasando muy cerca de su cabeza.

Entonces sonaron los disparos. Hubo gritos. La presión contra la puerta cesó. Molly logró cerrarla y dio un paso atrás, sin bajar la guardia, esperando que el ataque volviera a comenzar.

A continuación, un golpeteo en la puerta y para su alivio una voz que reconoció. Steve, uno de los comisionados de la policía de la isla, un amigo de Finn.

'¿Molly? Oye, Molly, es Steve, ¿estás bien?'

Ella abrió la puerta y la mera visión de su gentil rostro hizo que ella cayera. Cayó en sus brazos.

'Iba a matarme...' sus palabras eran apenas audibles en medio de sus sollozos. Steve le dio unas palmaditas en la espalda y luego exclamó mientras su mano se encontró con una cálida humedad.

'¡Estás sangrando! Mira, vamos a adentro, a lo caliente. Él se ha ido ahora, lo prometo.'

'Lo siento.'

Finn no estaba seguro de haber oído bien. Se incorporó de su posición boca abajo en el sofá y miró a Caroline. Ni siquiera la había escuchado regresar de dondequiera que ella se había ido. Después de salir del trabajo, él había ido directamente a casa, aliviado de estar solo.

Ella estaba de pie en la puerta, la luz detrás de ella proyectaba su sombra. Se le quedó mirando fijamente. Ella entró en la habitación, se sentó en el sillón frente a él, con el rostro serio. Se inclinó hacia delante, buscando el rostro de él.

'Me refiero a que, lo siento. Has tenido un tiempo difícil últimamente y mi... disgusto... hacia Sarah no ayuda. Siento haber arruinado nuestra noche con tu hermana y Mike '.

Finn se sorprendió. Caroline, su cara libre de maquillaje, su pelo rojo recogido en una cola de caballo, parecía auténtica en su arrepentimiento, pero Finn la conocía demasiado bien. Sus ojos se estrecharon.

'Gracias,' dijo con cautela. Ella observó su renuencia y sonrió con timidez.

'Lo entiendo, Finn. Las cosas entre nosotros no han sido buenas durante un tiempo.' Aunque ella se había reído ante su entendimiento. Finn sonrió levemente.

'Caroline, es que... no sé. ¿Cómo vamos a hacer que esto funcione? Apenas podemos soportar estar en la misma habitación.'

Caroline se levantó y se sentó junto a él. 'No siempre fue así. No siempre. En el principio, nos divertíamos mucho, nos gustaba estar uno al lado del otro.'

'¿Quieres decir que disfrutábamos revolcarnos juntos?'

Ella hizo una mueca y él se lamentó inmediatamente por sus palabras. Caroline se sacudió, y aspiró profundamente.

'Eso fue parte de ella, sí. Pero también teníamos planes, Finn, planificamos nuestra familia, nuestro futuro. Sólo cuando esa... cuando Sarah regresó a la isla con Danny entonces empezamos a apartarnos.' Ella puso una mano en su brazo. 'Yo entiendo que ella era tu mejor amiga y sé que me has dicho una y otra vez que son sólo amigos. Familia. Pero ella es tan hermosa y, odio admitir esto, una persona buena y amable. Y yo creo que tú piensas que yo estoy contigo para molestarla a ella.'

Ella pasó su mano por la cara de él, acariciándolo. 'No lo hice,' dijo suavemente, 'esa no era la razón. Yo te quiero a ti.'

Finn no se movió cuando ella le dio un beso, cerró los ojos mientras los labios de ella se movían contra los suyos. Él trató de hacer lo que siempre hacía cuando intimaba con su esposa

– concentrarse en pretender que era a Sarah a quién estaba besando - pero esta vez era diferente. Las imágenes no venían. Al abrir los ojos. Caroline le sonrió.

'Por favor, Finn. Vamos a tratar de volver a lo que teníamos. Por favor, por nosotros, por nuestro hijo,' ella respiró mientras lo besaba de nuevo y esta vez él le devolvió el beso. Lo tomó de la mano y lo levantó, llevándolo hasta su dormitorio. Finn se dio cuenta de que había pasado mucho tiempo desde que él durmió ahí.

Caroline dejó caer su bata, deslizó sus manos por debajo de su camiseta. Él abrió la boca para hablar, pero ella negó con la cabeza.

'No. No lo hagas. No esta noche. Esta noche somos sólo tú y yo, Finn, sólo tú y yo.'

Alguien comenzó a golpear la puerta de entrada justo cuando Finn comenzaba a relajarse.

'Déjalo,' dijo Caroline bruscamente cuando él bajaba de nuevo su camiseta y se alejaba.

'No puedo.'

Finn abrió la puerta para ver a su cuñado, con el rostro pálido y temblando. El estómago de Finn se redujo. *Dios no.*

'Por favor, ven,' dijo Mike, con la voz entrecortada, 'Por favor, ven. Dios, Finn, es Molly... es Molly.' Y empezó a sollozar.

Finn irrumpió en la estación de policía para ver a Molly, agitada, pálida, temblando a pesar de que estaba envuelta en una manta. Steve le estaba entregando una taza de té caliente y humeante. Mike fue a su lado, la envolvió con sus brazos alrededor de sus hombros. Molly sonrió débilmente a su hermano, y él sintió que su corazón latía fuera de su pecho. Steve explicó que había oído el grito de ella en la noche tranquila y había ido corriendo desde la estación de policía. Había llegado a la esquina y visto el atacante con capucha tratando de derribar la puerta. Steve le había gritado, hizo disparos de advertencia, pero el chico desapareció en la oscuridad del bosque detrás del Varsity. Steve había dudado, pero decidió quedarse con Molly. No podía correr el riesgo de perderse en el bosque y, posiblemente, dejar que su atacante regresara y la matara.

Finn se pasó una mano por el pelo, mirando a su hermana. 'Por Dios... ¿lo reconociste, Mols?'

Molly sacudió la cabeza. 'No creo... aunque...'

'¿Qué?'

'Su figura, la forma en que sonaba...' Ella miró a su hermano y él de repente se dio cuenta de lo que ella estaba pensando.

'Dan Bailey' dijo él, con voz aburrida, apagada. Mike y Steve parecían conmocionados.

'¿Qué demonios? ¿De qué están hablando?'

Molly apretó más la manta alrededor de ella. 'Hace unas semanas... me pareció ver a Dan Bailey en la calle. Fue menos de un segundo, pero podría jurar que era él. Ahora, esta noche...' suspiró ella, desplomándose en su silla. 'No sé, tal vez he estado demasiada inmersa en esto. Podría haber sido simplemente alguien que irrumpió en el Varsity'.

Ella se pasó una mano por los ojos. 'Realmente me gustaría irme a casa.' Se puso de pie y Mike tomó su mano. Él miró a Finn.

'Hablaremos de esto en la mañana.' Sus ojos se mostraban feroces, enojados y Finn asintió.

'Por supuesto, mira, hermana...' Se acercó a ella, la abrazó con fuerza. 'Tienes razón, es probable que sólo fuera un intruso. Déjame las llaves y llevaré a la gente de escena del crimen. Tú puedes venir a hacer una declaración mañana, cuando hayas descansado.'

Después de que Mike y Molly se habían ido, Finn se sentó en su escritorio, Steve se inclinó hacia él.

'¿Estás bien, jefe?' A los treinta y dos años, Steve Hannigan había sido adjunto de Finn por poco más de dos años, se había trasladado a la isla desde la ciudad. Él y Finn se habían llevado bien desde el primer día, disfrutaban trabajar juntos. Steve nunca había sido un hombre particularmente sociable, por lo que su amistad se limitaba al trabajo. Últimamente, sin embargo, él había visto como su jefe se había vuelto un hombre cada vez más desanimado. Parecía un hombre resquebrajado, pensó Steve. En una isla como esta, cada quien conocía el negocio de cada quién ... con el asesinato de George y ahora esto, su isla, por lo general tranquila, se había convertido en un centro para el chisme, para los periodistas curiosos, y la policía de la isla - en realidad sólo Finn y sus dos adjuntos - se habían ocupado al máximo. Y luego estaba la esposa de Finn, Caroline. A él siempre le había disgustado la pelirroja rencorosa. Él no había sido afectuoso la primera vez que Finn los presentó, ante su petulancia de princesa consentida, ante su inepto coqueteo con él, aparentemente diseñado para humillar a Finn.

Finn asintió. 'Mira. Vete a casa. Voy a acordonar con cinta al Varsity hasta mañana.'

Steve vaciló. 'Usted piensa que podría ser Dan Bailey?'

Finn negó con la cabeza. 'Lo dudo. Estoy exhausto, me voy a casa.'

Después de que Steve había salido, Finn tomó su teléfono, y rápidamente envió un texto. Dejó el teléfono boca abajo sobre la mesa y esperó.

Llámame. No le digas nada a Sarah. Finn.

Isaac miró su teléfono, desconcertado. Levantó la vista para ver a Sarah que venía hasta él zigzagueando de regreso desde el cuarto de baño. Ella parecía decididamente borracha y cuando ella lo alcanzó, tropezó y casi cayó sobre él.

'Vaya,' ella le sonrió. Él le sonrió y la besó.

'Creo que lo mejor será regresar a casa, vamos.'

En el exterior, seguía lloviendo, grandes gotas caían golpeando el asfalto. Isaac paró a Sarah bajo un toldo y se subió el cuello de su abrigo. 'Quédate aquí' –le ordenó con una sonrisa, 'Voy a buscar un taxi para nosotros.'

Sarah se apoyó contra la pared, dejando que la agradable sensación de estar borracha la invadiera. Se sintió bien dejarse llevar, relajarse... *con mi hombre*, ella sonrió para sí misma. Vio a Isaac, empapado hasta los huesos, tratando de llamar a un taxi, el teléfono pegado a la oreja. Una ola de mareo la golpeó y ella cerró los ojos por un largo momento. Sentía a la gente que pasaba y en un momento, como en cámara lenta, sintió que alguien se acercó mucho, demasiado cerca, y un dedo la rozó ligeramente a través de su estómago. Un olor familiar de jabón de pino. Ella abrió los ojos para ver a un hombre, la capucha de la sudadera sobre su cabeza. Su cara estaba en la sombra, medio de espaldas, pero ella sintió su corazón caer hasta sus pies.

Dan

Fue una muy breve mirada y luego el hombre se dio la vuelta, se había ido, estaba al final de la cuadra antes de que ella pudiera formar la palabra, decir su nombre en voz alta. Entonces llegó Isaac y la tomó de la mano, tirando de ella hacia el cálido interior de un taxi. Sarah parpadeó dos veces. ¿Eso acaba de suceder? Ella se volteó ya dentro del taxi, cuando este comenzó a alejarse de la acera. Podía ver al individuo ubicado al final de la cuadra, mirando fijamente al taxi. Desde esta distancia, no podía ver su cara, sólo sentía su intensidad mientras miraba el coche. Isaac le tocó la cara, con ojos preocupados le dijo.

'Oye... ¿estás bien?'

Ella volteó hacia él, su mente era un torbellino de emociones, de confusión... de miedo. No quería que fuera Dan. Ella realmente no quería. *Estás borracha, mujer, viendo fantasmas*. Sonrió a Isaac, una sonrisa falsamente brillante, la cual ella sabía que él podía ver.

'Bien. Sólo un poco mareada'.

Isaac apoyó su frente contra la de ella. Tenía el pelo mojado por la lluvia y el agua fría se sentía bien contra su piel. 'Podemos conseguir algo de comida cuando lleguemos a casa, y recuperar la sobriedad. Entonces hacer algo para que tu sangre bombee más duro, para lograr quemar el alcohol... me pregunto, ¿qué podríamos hacer?'

Sarah le sonrió. 'Yo quiero saber'. Pero ella sintió frío en su interior. La impresión de ver esa cara, su modo de caminar, incluso, pensó ahora, el olor del jabón de pino, el olor de su piel.

No. Ella desechó la idea y se enterró en el calor de los brazos de Isaac. *Esto era* lo que era real, no cualquiera proyección de su embriaguez. No tuvo que buscar mucho para adivinar la razón de ello; desde que había estado con Isaac, ella había estado esperando porque algo malo sucediera, esperando que algo arruinara su felicidad. Odiaba sentirse así. *Olvídalo, simplemente disfruta de este maravilloso hombre en tus brazos.* Saca cualquier otro pensamiento, ella se apretó aún más a Isaac y no pensó en nada en todo el viaje a casa.

Más tarde, cuando Sarah se había quedado dormida, Isaac salió silenciosamente de la cama y fue a la sala de estar, agarrando su teléfono celular de su chaqueta, que había dejado caer antes con el resto de la ropa, mientras habían ido dando tumbos, riendo y besándose, al dormitorio. Miró la hora: justo después de la medianoche. Envió un texto.

¿Estás aún despierto?

Su celular sonó y presionó el botón aceptar. 'Hola, Finn, ¿qué pasa?'

'Hola, amigo... mira siento mucho molestarte, pero pensé que te gustaría saber esto. Molly fue atacada esta noche, en el Varsity.'

Isaac se sorprendió. 'Oh, mierda, no - ¿está ella bien?'

Finn suspiró. 'Sí, sí, ella dice que está bien, pero pensé que deberías saber.'

'Y no quieres que Sarah sepa.'

'Ella necesita tiempo, hombre, esto sólo... mira, no sé lo mucho que se han hablado de su pasado...'

'Yo sé de su madre.'

'Muy bien, muy bien. Bueno, Sarah ha tenido algunos problemas - problemas de salud mental, probablemente derivado de su infancia. Episodios de depresión bastante malos. Con la muerte de George y ahora esto...'

Isaac se aclaró la garganta, tragando el nudo de tristeza que se había formado allí. 'Lo entiendo y gracias... aprecio que seas honesto conmigo. Aunque no sé cómo vamos a evitar que ella sepa si...'

'Sólo cuatro de nosotros sabemos. Cinco incluyéndote. No estoy diciendo que no le digas nunca, simplemente no todavía. Cuando ella esté más fuerte.'

Isaac sacudió la cabeza y suspiró. 'A ella no le va a gustar.'

'Lo sé, pero... Isaac, hay algo más. Molly jura que vio a Dan Bailey en la isla hace unas semanas. Fue sólo un segundo, pero ella está firme en que era él. Y el tipo de esta noche... creo que está convencida de que era Dan.'

Isaac estuvo en silencio durante mucho tiempo. 'Entonces definitivamente no le digo a Sarah.'

'De acuerdo. Mira, hombre, siento molestarte con esto, pero vamos a tratar de resolver esto sin tener que preocupar a Sarah más de lo que tiene que ser.' dijo Finn.

'¿Por qué Dan atacaría a Molly?'

Finn se rio, un sonido hueco. '¿Por qué se fue sin decir nada? ¿Por qué él dejó a Sarah? ¿Quién sabe cómo opera ese hijo de puta?'

Isaac se dio cuenta de que la actitud de Finn hacia Dan Bailey era odio por todo lo alto ahora. Sintió presión en el pecho, de miedo. Temor por la seguridad de Sarah.

Después de finalizar la llamada, Isaac volvió a entrar en el dormitorio, se sentó al lado de su amada, que dormía tan profundamente. Había una pequeña arruga entre sus ojos, el estrés y la preocupación, incluso mientras dormía. El intentó alisarla con un dedo y ella murmuró bajo y se acurrucó en sus brazos, presionando sus labios contra el cuello de él.

'Oye, tú…'

'Lo siento, no quise despertarte.'

Ella abrió los ojos y esbozó una hermosa sonrisa, una sonrisa llena de sueño, y el estómago de él se retorció con la inmensidad de su amor. 'Tú puedes despertarme siempre. ¿No puedes dormir?'

'No-uh'.

Ella lo besó en la boca. 'Yo te ayudaré…' y descendió por el cuerpo de él. Él respiró profundo cuando los labios de ella se separaron sobre la coronilla de su pene y su boca suave y húmeda lo envolvía. Ella pasó sus uñas ligeramente sobre su escroto, coqueteando con la sensible piel mientras lamía y chupaba y recorría con su lengua las líneas de su pene. Su pene vibró y se hinchó entre los dedos de ella, e Isaac se estremeció y vibró de placer, perdido en las sensaciones de su cuerpo. Intentó levantarla hasta la cama, quería sumergirse en su dulzura, en su dulce vagina, pero ella negó con la cabeza. 'Acaba en mi boca, Isaac, quiero probarte.'

Su miembro se estremeció ante sus palabras, creció en rigidez casi dolorosamente y él se arqueó violentamente mientras se venía, chorros calientes de esperma se bombeaban hacia la receptiva boca de ella. Cuando él acabó, ella se colocó a horcajadas sobre él, frotando con la punta de su pene semi-duro hacia arriba y hacia debajo su propio sexo resbaladizo.

'Estás tan húmeda,' dijo, admirando sus pechos mientras ella estaba sentaba sobre él. Entonces, él los tomó en sus manos moldeándolos, sintiendo el peso de cada uno. '¿Alguna otra persona te ha dicho que tus tetas son perfectas?'

Sarah sonrió y lentamente se ensartó en su pene, gimiendo suavemente mientras se llenaba con él. 'Siempre y cuando tú lo creas…'

Le acarició el vientre con la punta del dedo. 'Me encanta

tu vientre también, tan suave, y deseo fornicar un poco con tu ombligo, es tan profundo.' Introdujo su dedo pulgar en ella y ella se estremeció. '¿Te gusta eso?'

Ella asintió, sin aliento ahora mientras ella lo montaba, girando sus caderas para empujar con fuerza, para llevarlo muy dentro de ella. Con su mano libre, él frotó el pulgar en su clítoris, sintiéndolo palpitante, hinchándose debajo de la yema de su dedo. Con el dedo en el ombligo de ella, alzó la vista hacia la hermosa mujer que estaba encima y supo que si él moría aquí, en este momento, estaba bien, siempre y cuando estuviera con Sarah...

Isaac no sabía si estaba soñando o si todavía estaba haciendo el amor, pero Sarah estaba encima de él, fornicándolo, montada sobre su pene y con la cabeza hacia atrás por el placer que sentía. Él le sonrió y comenzó a tocarla, el pulgar volvió a tomar el profundo y redondo hueco en el centro de su vientre... y entonces ella se quedó sin aliento y lo miró a él con expresión de sorpresa. Para su horror, no era su pulgar lo que empujaba en su ombligo, sino un cuchillo -agarrado con su propia mano. No podía detenerlo, a pesar de que estaba gritando, mientras él la apuñalaba una y otra vez... Sarah moría, mientras lo miraba fijamente, una lágrima cayendo por su cara bonita. '¿Por qué?', susurró ella y luego, así como así, se había ido y él estaba solo, empapado en su sangre...

'Jesucristo. Maldición.' Se despertó maldiciendo en voz alta y luego devoró un poco de aire para calmarse. Sarah yacía junto a él, agitada, pero muy viva y sin daño alguno. Isaac se frotó la cara, tratando de restregar las imágenes que atravesaron su cerebro. *¿Qué demonios?* Que sueño tan extraño había tenido.

Acarició suavemente con una mano la espalda de ella y ella murmuró algo. Él sonrió, deseando que se despertara ahora, con ganas de verla viva y llena de energía... y luego su corazón se congeló cuando ella murmuró de nuevo. Una palabra, un nombre.

Dan.

Sarah había estado incómoda durante toda la mañana.

Para el almuerzo, habían tenido sopa en uno de los pequeños restaurantes de mariscos a lo largo de la línea de la costa, pero Sarah no había sido capaz de mantener una conversación hasta el final. Isaac le había preguntado a ella si estaba bien un millón de veces; al final, él casi había tenido que llamar su atención. Se sentía culpable, pero ella no podía evitar la sensación de que Dan los estaba observando, incluso ahora. Seguía pensando de nuevo en la noche anterior fuera del bar, la sensación que tenía de que Dan había estado cerca de ella, que estaba jugando con ella. El sueño que había tenido no ayudó. Dan, de pie en su cocina. Diciéndole que aún la quería, pero que ella tenía que morir para que pudieran estar juntos. Ella seguía pensando en el día que habían encontrado a George. La expresión de su cara. Terror. Su estómago se revolvió con malestar. '¿Estás bien?' la voz de él rompió su ensimismamiento.

'Lo siento, es sólo que,' tosió por vergüenza, 'tuve un sueño anoche y aún me descompone.'

'¿Acerca de?'

Ella vaciló y él la miró. 'Sarah?' Un nervio se retorció en su mandíbula.

'Realmente no puedo recordarlo.'

'Trata.'

La atmósfera había cambiado. Ella sentía una bola de tensión alojada en su pecho cuando él la miró, sus ojos buscando en su expresión. 'Realmente no puedo recordar.' Ella bajó la mirada hacia sus manos, tratando de ocultar la mentira. Isaac estaba enojado con ella, pero ella no sabía por qué.

'¿Hice algo?' Preguntó ella ahora, sintiendo que las lágrimas asomaban a sus ojos. Isaac sacudió la cabeza, pero se quedó en silencio. De repente, no pudo soportar la tensión y echó la silla hacia atrás.

'Disculpa' dijo ella con voz ahogada y caminó con tropiezos, medio ciega por las lágrimas hacia el baño. Se encerró en uno de las casetas y sollozó en silencio. Era la primera vez que había visto este lado de Isaac - sombrío, enojado. Alguien llamó a la puerta de la caseta. '¿Está bien, señorita?'

Sarah tragó. 'Estoy bien.' Su voz sonaba ahogada.

'Ok.' La voz no parecía muy convencida. '¿Eres Sarah? Tu novio me pidió que viniera a ver si estabas bien. Me pidió que te dijera que lo siente y que te ama.'

Sarah tomó aire débilmente. -Gracias, Por favor, dígale que estaré con él en un minuto. Gracias de nuevo.'

La voz era cálida. 'De nada bonita.'

Sarah se calmó y abrió la puerta de la caseta. En el lavabo, se echó un poco de agua en la cara. Había una mujer de mediana edad con el pelo rubio esperando fuera de la puerta que le sonreía amablemente.

'Lo siento, cariño, parece que se fue.'

Sarah sintió una fuerte sacudida de dolor y entró en el salón principal del restaurante. Se relajó inmediatamente. Isaac estaba sentado en la mesa; levantó la vista y le sonrió, la preocupación arrugaba su rostro. Se volvió hacia la mujer.

'No, está bien, él está allí.'

La mujer miró a Isaac y sacudió la cabeza. 'No, mi amor... ese no es el tipo que me dio el mensaje. El tipo con el que hablé era rubio... '

'¿Alrededor de unos seis pies, el pelo rizado rubio, ojos azules?' La voz de Sarah era plana, muerta. La mujer asintió, obviamente preocupada ahora, pero Sarah simplemente se alejó y regresó a Isaac quien la esperaba.

'Quiero salir de aquí. Ahora.'

En el exterior, marchó delante de él, con ganas de alejarse del restaurante. Él la agarró del brazo y la detuvo. '¿Qué? ¿Qué te pasa?'

Ella se volvió hacia él. 'Oh, ¿ahora si quieres hablar? ¿Ya me has dado suficiente del tratamiento de silencio?'

Los hombros de Isaac se desplomaron y ella pudo ver la vergüenza en sus ojos. 'Lo siento. Estaba... estaba molesto por algo. *Dios...* solo que dijiste algo en tu sueño, que podría significar cualquier cosa, pero...'

'¿Qué fue?' Su voz era dura.

'Suena tan ridículo cuando lo pienso ahora... pero dijiste 'Dan' mientras dormías. Me molestó, lo sé, lo sé, es estúpido, después de todo lo que ha pasado, pero... ¿qué? ¿Qué es?'

Sarah de repente se echó a reír, pero no había humor en su risa. 'Créeme. Si dije el nombre de Dan mientras dormía, sería porque estaba teniendo una pesadilla. Y si debo creerle a esa mujer de allí adentro, entonces es una pesadilla que está a punto de hacerse realidad.'

Isaac sacudió su cabeza, confundido. 'No lo entiendo.'

Ella le contó sobre el mensaje. Él se le quedó mirando. 'Debe haber conseguido a otra Sarah'.

El cuerpo de Sarah se apagó. 'Sí, probablemente tienes razón.' Pero cuando levantó la vista, vio en los ojos de él la misma incertidumbre que ella sentía en sus huesos.

Ninguno de ellos habló en el camino a casa.

'Muy bien, tengo que preguntar,' dijo finalmente Isaac, después de una larga noche donde ambos habían estado frente al televisor sin ver o absorber nada de lo que daban en él. Estaban en el sofá, pero, por primera vez, había espacio entre ellos – físico y psicológico. Isaac sintió esto profundamente. 'Si Dan está de vuelta... ¿qué significa para nosotros?'

Sarah levantó la vista, sorprendida y sus ojos se suavizaron cuando vio el dolor en los ojos de él. 'Isaac... tu eres el amor, el amor *absoluto e irrevocable* de mi vida. Si Dan regresa... bueno, esa parte de mi vida ha terminado. En lo que a mí respecta, tu eres mi futuro '.

Isaac se relajó visiblemente. 'Eso es todo lo que necesitaba escuchar. Dios', se acostó y puso la cabeza en su regazo. Ella le sonrió, alisando su corto pelo con su mano. 'Que salvaje paseo hemos tenido.'

Sarah sonrió. 'Porque tu vida era tan tediosa antes.' Ella

miró fijamente alrededor del apartamento; techos altos, perfectamente decorados, obras de arte valiosas en las paredes. Isaac se rio y se sentó.

'Son sólo cosas.' Él le acarició la mejilla. 'Esto es lo que es real. No estoy diciendo que no soy un sortario HDP ya que está claro, lo soy'.

'Bueno, has trabajado duro para ello, y tu talento está en ser un gran chico nerd. El mundo de los chicos informáticos es muy lucrativo, Sarah le sonreía. 'En todo eres bueno, y has tenido al menos mucha suerte. No es que me queje. Tienes razón, las cosas son sólo cosas.'

'Oye, vamos, tú tienes tu propio negocio, eso es una gran cosa.' Él le sonrió.

Sarah entornó sus ojos. 'Lo que estoy diciendo es que, yo nunca podré estar en igualdad financiera contigo... pero ese tipo de cosas no me importan si no te importan a ti. No quiero diamantes ni perlas ni abrigos de piel, - no es que yo no los usaría. Todo lo que quiero de ti es tu tiempo. Puedo coincidir contigo en eso.'

Isaac asintió pensativo. 'Lo entiendo. ¿Puedo pedirte un favor?'

'Por supuesto.'

Isaac hizo un gesto alrededor de la habitación. 'Mira, no puedo pretender que no soy asquerosamente rico, pero no me gusta hacer alarde de ello. Tú me conoces ahora, todavía haría el mismo trabajo si solo pagara muy poco. Pero seamos realistas: Tengo un montón de dinero y sólo de vez en cuando me gustaría consentirte... No, escucha –', dijo él a toda prisa, al ver la expresión de duda en su rostro. 'No me refiero a cosas materiales. Tal vez podríamos salir en unas vacaciones de lujo, tal vez yo podría reemplazar tu camioneta cuando finalmente se desmorone, como un regalo. Pero más que eso, estoy pensando... nuestros hijos podrán ir a la universidad sin tener que preocuparse acerca de la deuda; tu podrías volver a estudiar si quisieras. Podríamos construir escuelas, o ayudar a la comunidad de la isla.'

Sarah enredó los dedos en su pelo. '¿No hemos discutido ya que ser perfecto es realmente irritante?' Pero ella sonrió. 'Construir escuelas - ahora de qué clase de gastos me vas a convencer.' Ella se inclinó y lo besó. 'Además, una prisión sexual estaría bien.'

Isaac se rio en voz alta. 'No tendrías que pedirme eso dos veces.'

'¿Te gustaría un poco de perversión?'

Él se encogió de hombros. '¿A quién no?'

Ella se arrastró hacia su regazo. 'Bueno, señor Quinn, voy a intentar todo, una vez... y si me gusta, más de una vez.'

Él arrastró sus dedos a través de sus mejillas. 'Te voy a respaldar en eso.'

'Estoy contando con eso.'

El bar de Hank estaba lleno con la multitud del fútbol del domingo por la noche. Finn y Mike se sentaron en una mesa reservada en la esquina. Hank, un ex policía de ciudad y el propietario tanto del bar como de un bigote de gran tamaño que lo hacía parecer una morsa, les había ofrecido una cerveza gratis y había reído a sus expensas durante un buen rato antes de volver su atención al juego. Los 49ers estaban siendo aniquilados por los Seahawks y el bar estaba estrepitoso apoyándolos. Finn y Mike miraron fijamente la pantalla durante veinte minutos hasta que una pausa publicitaria les brindó un momento tranquilo para hablar.

'Entonces,' Mike tomó un trago de cerveza '¿Qué está pasando entre tú y Caroline?' Se aclaró la garganta, incómodo.

Finn sonrió ante la expresión de Mike. 'Amigo, relájate. No es esa clase de consejo lo que quiero.'

Mike lo miró aliviado. '¿Entonces qué?'

'Dan Bailey. Molly dice que lo vio, no estoy convencido.'

'Ok. ¿Y entonces?'

Finn se movió en su silla. 'Yo lo chequeé, y no obtuve nada.'

Mike esperó. Finn extendió las manos.

'¿No crees que eso sea raro? ¿Ninguna entrada, sin registros médicos, nada?'

Mike se encogió de hombros. 'Hombre... no lo sé. Tal vez tenía una razón para permanecer bajo el radar. Si tienes un presentimiento, realiza un poco más de investigación. ¿De dónde vino él?'

'Nueva Orleans. Eso fue lo que él dijo.'

'Bueno, tiene que haber alguien allí que lo conocía.'

Finn se encogió de hombros. Mike entornó los ojos. '¿Has hablado con el Departamento de Policía de Nueva Orleans?'

'No.'

'¿Eso es porque estás preocupado de que puedas encontrar algo - o porque te preocupa que no encuentres nada?'

Finn suspiró. 'Sinceramente, no podría decirte.'

Mike terminó su refresco. 'Amigo, simplemente habla con alguien. Consigue algo, sea lo que sea, sácalo de tu cabeza y sigue adelante. Al final del día, ¿qué importa? Dan Bailey ha quedado atrás. Vamos, hermano, no me gusta dejar a Mol sola por la noche, sobre todo ahora.'

Ella había estado fuera de la isla durante días y ahora, por fin, estaba de vuelta. La vio salir del coche de Quinn y entrar en el Varsity, la vio cuando Molly chilló con deleite y la envolvió en sus brazos de amiga.

Sarah se veía hermosa, su pelo oscuro recogido en un moño desordenado sobre la nuca de su cuello, su glorioso cuerpo en su habitual uniforme de pantalones vaqueros y camiseta. Quinn había aparcado el coche al otro lado de la calle y ahora caminaba hacia la cafetería. Estudió al hombre alto, el hombre que estaba fornicando con su Sarah, él que había tenido su dulce piel bajo su tacto, el que había tenido los labios de ella alrededor de su pene. Podía ver la atracción; Isaac Quinn era un hombre imponente, deportivo, inteligente, rico más allá de lo que se puede creer. El pensamiento de él sobre todo el cuerpo de Sarah hizo calentar su sangre a punto de ebullición y apretó los puños, tratando de mantener el control.

Él seguía mirándolos por la ventana cuando Caroline llegó. Ella siguió la mirada de él e hizo un sonido de disgusto.

'Cristo. Ese tipo no puede mantenerse alejado de esa puta, ¿verdad?'

Se volvió hacia ella y la expresión de su rostro le heló la sangre. Se alejó de la ventana, encendió un cigarrillo y se sentó. Ella lo siguió y trató de sonreír.

'¿Querías algo, Caroline?'

Su postura se convirtió en seductora. 'Sólo lo que siempre quiero de ti, bebé.'

Su nariz se convirtió en una mueca. '¿Y llamas a Sarah puta?'

Caroline se estremeció, pero suavizó su expresión y le sonrió. 'Solo quiero hacerte feliz, bebé, ¿quieres que te haga sentir mejor?'

Él sacudió la cabeza y ella se sentó en la cama frente a él. Como no había dicho nada durante unos minutos, ella se movió inquieta.

'Mira –'

Se concentró en ella por primera vez. 'Caroline, si pudieras tener todo lo que quieras, ¿qué sería?'

Ella lo pensó. 'Tú.'

Él sonrió. 'Aparte de eso.'

Ella lo pensó y su cara se instaló en una sombría sonrisa. 'Quiero que ella se vaya. Para siempre. No sólo en otro lugar, yo la quiero –'

'Muerta.'

Caroline asintió. 'En la forma más dolorosa que puedas imaginar. Peor que George.'

Se levantó y se acercó a la ventana. 'Me gustaría tener el

valor de hacerlo yo misma. Debería haber puesto una bala en ella años atrás.'

Él sonrió. 'Caroline, dudo que incluso sepas cómo quitar el seguro.'

Se volvió hacia él con el ceño fruncido. 'Hay otras maneras. Podría haberla envenenado, metido un poco de ácido en una de sus putos pastelitos. Ponerme encima de ella cuando estaba nadando, para ahogarla.' Ella rio para sí misma. '¿Era lo que ibas a hacer ese día? ¿El día que la veías nadar y después mataste a su perro?'

Él sonrió con tristeza. 'No. Yo sólo quería verla.'

Caroline lo miró con disgusto. '¿Todavía la quieres?'

Se levantó entonces y se acercó a ella. 'La quiero muerta tanto como tú la quieres, Caroline. Pero quiero hacerle la vida imposible primero, verla sufrir. Puedes entender eso, ¿verdad? Sarah Bailey será sacrificada, eviscerada y ella sentirá cada momento de agonía inimaginable antes de sucumbir.'

Él se levantó y se dirigió hacia el dormitorio. Cuando ella no lo siguió, se volvió hacia ella. Ella lo miró, cautelosa, nerviosa. Él se acercó y puso sus brazos alrededor de ella.

'¿Me tienes miedo, Caroline?'

Ella asintió con lágrimas en los ojos.

'No tienes razón para ello.' Él sonrió y la besó, la sintió relajarse.

'¿Estás bien ahora?'

Ella asintió con la cabeza y el la besó, deslizando una mano sobre su vientre. 'Y luego está esto... nuestro hijo... Caroline... '

Ella tiró de él hacia abajo sobre la cama con ella, besándolo profundamente. Esto era lo que siempre había querido, un verdadero amor, un hombre cuya mente hacia juego con la de ella. Ella lo había amado desde el primer momento en que lo había visto... y sí, ella lo había decepcionado en el transcurso de los años, pero ahora, ya no más. Él iba a matar a esa perra Sarah y luego finalmente sería una persona libre de esa obsesión.

Sarah ya extrañaba a Isaac. Él había insistido en llevarla el mismo de vuelta a la isla y luego regresar a la ciudad a trabajar. La cafetería había estado ocupada, tan ocupada que aún no había tenido la oportunidad de hablar con Molly. Ella había notado a su amiga apagada y, más preocupante era la débil y casi desvanecida contusión en su mejilla.

Finalmente tuvo la oportunidad de acorralar a Molly en la cocina para tomar un descanso cuando Nancy, la camarera de medio tiempo llegó a trabajar justo después de las cuatro. Molly protestó, pero Sarah, que ya había hablado con Nancy, le dirigió una mirada agradecida y se deslizó con Molly hacia la puerta antes de que ella pudiera protestar. Sarah la llevó por el lado de la antigua sala de cine, donde ellos mantenían varios bancos y tumbonas, especialmente para los fumadores. La tarde era fría, y ahora sólo había un hombre, un cliente habitual, leyendo un libro, masticando un puro. Él levantó el libro en señal de saludo, y Sarah pudo ver que estaba leyendo *Catch-22*. Sarah y Molly charlaron con él durante unos minutos antes de tomar su propia mesa.

Una vez sentadas, Nancy les trajo hamburguesas, papas fritas y dos coca-colas. Sorbieron sus refrescos en silencio durante unos minutos antes de que Sarah se dirigiera a su amiga.

'Entonces, ¿me vas a decir que es lo que está mal contigo o no? Sé que hay algo. Vi los moretones, ¿Mols... que está pasando?' *Por favor, que no sea Mike*, pensó para sí misma, *por favor, eso no.*

Molly suspiró, pasándose la mano por el pelo. 'No fue nada realmente. Alguien entró en el Varsity cuando no estabas y... '

'¿Qué dices?' Sarah levantó su cabeza y se quedó mirando a su amiga. '¿Por qué demonios no me lo dijiste?'

Molly suspiró. 'Finn e Isaac dijeron que no, que era demasiado pronto después de George y que...'

'¿Isaac sabía?' La voz de Sarah se levantó con incredulidad.

Enfadada, sacó su celular del bolsillo de sus pantalones vaqueros y marcó. Molly levantó una mano.

'No, espera, detente…'

'¿Isaac? Llámame. Tenemos que hablar.' Sarah no ocultó su irritación. Molly sacudió la cabeza.

'No es su culpa, de verdad. Maldita sea, no debería haber dicho nada.' ella se inquietó, 'Es sólo que con la cosa de Dan, pensaban que yo estaba haciendo un gran lío de eso y…'

'¿La cosa de Dan?' interrumpió Sarah, sintiendo que la sangre se subía a su rostro, y su corazón comenzaba a latir con fuerza, incómodamente contra las costillas.

Molly parecía molesta. 'Hace unas semanas, podría haber jurado que lo vi. Fue sólo por un segundo, y estaba oscuro, pero... y luego, la otra noche, en el Varsity, fui a cerrar una ventana que habíamos dejado abierta - o eso creía yo. Alguien estaba dentro y me atacó. No sé, Sarah, lo más probable es que fue un delincuente de poca monta aprovechando la oportunidad, buscando robar la caja registradora. Sin embargo, hubo un momento, no puedo describirlo, fue un sentimiento… Era la complexión del tipo, su manera de moverse... el olor a…'

'Jabón de pino,' dijo Sarah con voz plana. Se dobló por la cintura, tratando de sofocar el pánico, náuseas subieron a su garganta. Dan estaba de vuelta. Un millón de pensamientos inundaron su mente; ¿Por qué estaba de vuelta? ¿Qué quería? ¿Y por qué no solamente se acercaba y se presentaba en vez de estar con estos juegos?

'¿Estás bien?' La voz de Molly era pequeña y Sarah negó con la cabeza.

'No. Yo creo que lo he visto también. Dios, ¿por qué ahora?'

Molly miró a su amiga con simpatía. '¿Tal vez él sabe de Isaac? Yo no sé, ¿Qué vas a hacer?'

'Por ahora, volver a casa, llamar a Isaac y tener una discusión con él con respecto a lo que me dice y a lo que no.

Entonces nada. Si Dan regresa, lo escucharé si él quiere dar una explicación, pero eso es todo. Yo no lo quiero a él en mi vida.'

Molly se quedó callada por un momento y luego dijo en voz baja. '¿Qué pasa si Dan ve las cosas de diferente manera? ¿Y si te quiere de vuelta?'

Sarah miró a su amiga largamente. 'Estoy enamorada de Isaac. Él es mi futuro, Dan es mi pasado. Él perdió el derecho a quererme y tenerme cuando me dejó sin ninguna explicación. Molly, te voy a decir una cosa: Dan Bailey no es el tipo con el que creí casarme -y no estoy segura de que alguna vez lo fue.'

A una milla de su casa todavía, ella escuchó las salpicaduras de lluvia contra la copa de los árboles, su pulso rítmico y relajante. Sarah había empezado a lamentar la decisión de caminar a casa después de su turno en la cafetería. La lluvia había penetrado en su ropa, su pelo, y ahora estaba goteando desagradablemente por la parte posterior de su cuello. El liquen del suelo del bosque estaba resbaladizo, los picos de musgo que colgaban de los arces y de los abetos Sitka, estaban empapados y pesados.

Desde su conversación con Molly, su mente había sido un torbellino de emociones. Tristeza, temor... miedo. ¿Por qué tenía miedo? Eso es lo que ella no entendía, ¿Por qué demonios tenía tanto miedo de que Dan regresara? No era que dudara de sí misma, de su amor por Isaac —era esa molesta sensación de que Dan quería hacerle daño. No había sospechosos en el asesinato de George y no habían encontrado ningún motivo. Sarah misma era la beneficiaria del testamento de George y así podía ser vista como sospechosa - y ya había pasado horas de interrogatorio a pesar de que Isaac le había dado toda la coartada que necesitaba. No había querido saber nada sobre el testamento de George y el abogado había amablemente aceptado su petición de posponer la lectura del mismo. Él no tenía ninguna otra familia y ella no quería que finalmente su muerte fuera válida por ningún dinero o tierra o lo que fuera. Ella no quería su dinero, ella daría cualquier cosa con tal de tenerlo de vuelta en su vida.

El camino la condujo a través del antiguo parque de casas rodantes y Sarah se mantuvo en el desgastado camino. La casa móvil que su madre solía poseer estaba hacia el lado izquierdo, solo una armazón ahora, quemada, ya no había nada que enganchara a los ojos curiosos. Sarah miró como siempre lo había hecho -por el rabillo del ojo. Ella presumía que lo evaluaba. Sólo había estado allí una vez; con George en su insistencia. *Es necesario que lo superes*. Ella había necesitado una bolsa de papel. El ataque de pánico que siguió asustó incluso al imperturbable George. Nunca se había animado a otra excursión. Desde su muerte, sin embargo, ella quería probarlo, quería al menos *intentarlo*, por él.

Ella recorrió alrededor del remolque dejando un amplio espacio y aceleró el paso, deseando llegar a casa. Se escabulló más allá del remolque perteneciente al carpintero de la ribera de la isla, Buddy Harte, un misántropo mal encarado que odiaba a todo el mundo -especialmente a las personas de color. Sarah despreciaba al viejo y lo evitaba, pero a menudo había llegado a tener palabras con él cuando Sarah lo había visto abusar de la gente en la plaza del pueblo.

Siguió adelante y luego se detuvo, su corazón latiendo fuerte. Oyó la voz de un hombre, un canto bajo y discordante. No era el tono lo que la había hecho girar, congelándole la respiración en sus pulmones. Era la canción. La canción que su madre le cantó mientras trataba de matarla.

Recibí la alegría alegría alegría alegría profundamente en mi corazón...

Su respiración se detuvo, su piel ardía con un horror rastrero, Sarah se volvió y miró a la ventana oscura del remolque. Algo golpeó contra la ventana y ella brincó hacia atrás. Alguien se rio. Era la misma risa que había oído hacía unas noches fuera de su casa.

'Corre, puta, mientras puedas. Anda y ábrele las piernas al multimillonario, puta de mierda.'

El horror fue sustituido por una rabia salvaje, el rugido de la sangre en sus oídos. Se dirigió a la puerta y la golpeó.

'Sal de ahí ahora. ¡Ahora!'

'Recibí la alegría alegría alegría alegría profundamente en mi corazón... porque yo soy una puta igual a ma, querida vieja maaaaaaaa!' Estaba cantando ahora, cacareando para sí mismo.

Con rojas manchas de rabia en sus ojos, Sarah azotó la puerta cerrada, dándole patadas violentamente.

'¡Bastardo!' Le gritaba ahora, golpeando la puerta del remolque, sus paredes. 'Sal y me enfrentas, imbécil.' En algún lugar en el fondo de su mente, ella se dio cuenta de que un interruptor había sido pasado en su contra. Sarah se detuvo, respirando con dificultad, calmándose.

'Buddy Harte... ven aquí y me encaras, cobarde.'

Algo pesado chocó contra el interior del remolque, haciéndola saltar.

De repente se hizo el silencio, la quietud. Todo lo que Sarah podía escuchar era su propia respiración. Lo oyó reír suavemente para sí mismo.

'Corre, corre, linda beba, antes de que yo meta mi cuchillo en tu vientre. Antes de que te agarre... ¡vete ahora!'

Con este rugido, Sarah se movió hacia atrás y corrió. Corrió hasta que sintió que sus pulmones estallaban, y luego, mientras se detenía y se doblaba, llenaba de aire sus pulmones y escuchaba para ver si la perseguían. Silencio. Silencio absoluto.

Luego, un suave silbido, un crepitar de helechos bajo las pisadas. Algo se movía en los árboles. De repente, Sarah se detuvo, con los ojos escudriñaba la línea de árboles para ver si había movimiento. Ella sintió tintinear cada nervio de su cuerpo, sus extremidades se sentían como sin forma, sin fuerzas. Sea lo que sea, se había detenido también, pero ella sentía unos ojos en ella, se imaginó que podía oír su respiración. Se dio la vuelta y comenzó a caminar de nuevo, sus oídos alerta. Oyó el sonido de nuevo y se dio la vuelta, para controlar el movimiento por el rabillo del ojo. Un destello de algo, algo que se sacudió frente a los leñosos colores del bosque. Una figura en gris. Sarah empezó a correr, tratando de recuperar el aliento mientras corría hacia la casa. Cada segundo ella esperaba sentir unas manos agarrándola, tirando de ella hacia el suelo, un cuchillo cortando su piel en rodajas. Llegando a casa, ella enganchó el pie en la raíz de un árbol y se cayó, golpeando fuertemente su oreja contra una roca, la cual la cortó. Podía sentir que la sangre corría por un lado de su cuello mientras se ponía de pie.

Ella sollozó de alivio cuando divisó su casa. Se deslizaba por las escaleras del porche cuando se dio cuenta que su bolso había desaparecido. Lanzando miradas de pánico a su alrededor, se dirigió a la parte trasera de la casa, pasó sus manos sobre la parte superior de la puerta de atrás. La llave que mantenía allí había desaparecido. Sarah golpeó con su codo en repetidas ocasiones sobre el vidrio de la ventana, ignorando el lacerante dolor. El cristal se hizo añicos y, finalmente, cuando pudo entrar, ella podía sentir la sangre goteando por su brazo. Arrastró la pesada mesa de roble y la encajó sobre la puerta ya cerrada, recostando su espalda contra ella mientras agarraba su teléfono celular para llamar a Finn.

Finn llegó escoltado con Steve y una Molly muy preocupada a la casa de Sarah. Ella los dejó entrar y, todavía temblando, les ofreció café. Finn la hizo sentarse, los ojos oscuros de él se veían preocupados. Molly estaba alrededor de Sarah, en la limpieza de su oreja y de su codo.

'Bubba, ¿qué pasó?'

'Buddy...' Ella casi no podía respirar.

'¿Buddy hizo esto?' Molly y Finn intercambiaron una mirada de preocupación.

'No', dijo Sara: 'me caí. Buddy... él me gritó, estaba como

loco. Estaba cantando...' su voz se apagó cuando se encontró con la mirada de Finn. 'Él estaba cantando: 'Profundamente en mi corazón.' Rápidamente les contó el resto de la historia.

'¿Él te amenazó?'

Ella asintió. 'Yo sé que él no me quiere; era amigo de Dan, pero a mí nunca me quiso. Pero Steve, él nunca ha sido agresivo o... No puedo creer lo que acaba de ocurrir.' Ella miraba aturdida. Finn se volvió hacia Steve, le habló en un tono suave.

'Buddy es un chiflado, pero dudo que él tenga la intención de decir lo que dice.'

Los ojos de Steve se estrecharon. 'Aun así, es técnicamente un asalto, a los ojos del Estado de todos modos...' Él y Finn continuaron cuando Molly llevó a Sarah de nuevo al Varsity. Molly sentó a Sarah en uno de los sofás.

'No te muevas. Te daré un poco de hielo para esa oreja.'

Steve se sentó junto a Sarah. 'Sarah - ¿quieres presentar cargos?'

Ella sacudió su cabeza. 'No. No, creo... él probablemente estaba borracho y yo puedo haberlo sacado de quicio.' Ella tosió, se ruborizó. 'Me puse muy enfadada con él.' Ella miró a Finn, quien la relajó con una sonrisa tranquilizadora.

'Yo no te culpo, cariño. ¿Por qué no dejas que Steve tenga unas palabras con él, para ver cuál es su problema?'

Sarah miró a Steve. '¿Lo harías?' Él le sonrió.

'Por supuesto.' Y asintió hacia Finn.

'Yo me quedo con Sarah,' interrumpió Molly, apareciendo desde la parte trasera con un paño lleno de hielo. Ella se lo pasó a Sarah. 'Sólo intentaba hacerlo salir.'

Finn palmeó a Sarah suavemente en el hombro. 'Siéntete mejor, Bubba. No te preocupes, nosotros nos encargamos de esto.'

Isaac Quinn levantó la vista de su laptop cuando alguien llamó a la puerta de su oficina. Era su detective privado, Stan. Isaac le hizo un gesto para que se sentara.

'¿Qué tienes para mí?'

El detective sacó un montón de fotos de una carpeta.

'Fotogramas del circuito cerrado de televisión del restaurante, como lo pediste. Ellos fueron sorprendentemente serviciales cuando les dije para quién era.'

Isaac estudió las fotos. En algunas se vio a sí mismo y a Sarah en su mesa; Sarah parecía molesta y se maldijo por la forma en que se había comportado con ella ese día. En la siguiente foto, estaba solo. La foto siguiente fue la que lo hizo detenerse. Un hombre alto, de pelo rubio, hablando con la camarera. Isaac apretó la mandíbula. La foto estaba borrosa, pero podía ver quién era; sin lugar a dudas, estaba mirando la cara del más vivo que nunca de Daniel Bailey. *Hijo de puta.*

Miró a Stan. '¿Conseguiste algo más sobre este payaso? ¿Está siguiendo a Sarah?'

Stan sacudió la cabeza. 'No que yo sepa, de ninguna manera. Él se está tirando a una mujer. Ella llega a la ciudad dos veces por semana y van a refugiarse juntos en un motel. ¿Qué quieres que haga?'

'Trata de averiguar quién es la mujer si te es posible. Aparte de eso, siempre y cuando él no sea una amenaza para Sarah, sólo mantén un ojo sobre él.'

Después de que Stan había salido, Isaac no podía concentrarse en nada, solo se sentó en su oficina, mirando la foto de Dan Bailey.

¿Qué es lo que quieres? Era todo en lo que Isaac podía pensar, pero desechó su pensamiento porque él ya sabía la respuesta. Él ya sabía la razón por la que Dan Bailey había regresado a Seattle.

La mujer que tú amas...

'Aquí, permíteme.' Molly tomó el tubo de pomada antiséptica de Sarah, y colocó un poco en su oreja maltratada. Su toque era fresco y suave y Sarah sintió que se relajaba. Ella cerró los ojos, la cabeza le palpitaba de dolor.

'Todo listo aquí. Te daré algunos analgésicos. ¿Dónde…?'

'En el armario del baño de arriba.' Sus ojos todavía cerrados, sintió el silbido del aire cuando Molly pasó a su lado, en dirección a las escaleras. Ella apoyó la cabeza sobre la superficie fría de la tabla. *¿Qué diablos es lo que pasa conmigo?* Se sentía completamente fuera de ella.

Molly estaba de vuelta, la oyó llenar un vaso de la llave. 'Toma'. Sarah se sentó y tomó el vaso y las píldoras que ella le daba, echando la cabeza hacia atrás rápidamente y vaciando el vaso. Ella sonrió irónicamente a su amiga.

'Lo siento, no soy mucha compañía, ¿verdad?'

Molly parecía contrariada. 'Con lo que has pasado últimamente, no es de extrañar. Relájate.'

La fatiga creció en Sarah y ella puso su cabeza sobre la mesa otra vez, cerrando los ojos. Sintió la mano de Molly contra su pelo, a un ritmo liso, suave, adormeciendo su cerebro ya cansado. Encontró el sueño entonces, inesperadamente. Dulce olvido.

El portazo de un coche la sorprendió despertándola. Molly se dirigió hasta la puerta principal. Ella trató de entenderse a sí misma - ¿Qué estaba pensando para dormirse de esa manera? Ella los escuchó hablar, en una voz baja que ella no podía distinguir. Se acercó al fregadero y del grifo de manivela, se salpicó agua fría en la cara.

'Bubba?'

Se volvió para ver a Steve, delante de Molly y Finn, entrando en la cocina. Su rostro estaba demacrado, enfermo. Su mirada se movió hacia Finn, quién parecía igualmente impactado.

'Hola,' ella abrazó a Finn, sintió los brazos de él apretarse a su alrededor. '¿Qué pasó con Buddy?'

Steve miró a Finn, quien se aclaró la garganta y se desplazó de un pie a otro.

'Sarah... Buddy está muerto.'

Por un segundo no reaccionó luego dejó escapar un suspiro tembloroso. 'Yo no...' Miró la cara afligida de Steve. *Por supuesto*, pensó, *por supuesto*. Se volvió de nuevo a Finn, su voz era más fuerte ahora. '¿Tuvo un accidente? ¿Se suicidó?'

Hubo un silencio y luego Finn habló, su voz era más difícil de lo que había oído antes. 'No.'

Ella miró hacia sus tres amigos. 'No entiendo.'

'Fue asesinado, Sarah. Buddy fue apuñalado hasta morir.'

Ella sintió que sus rodillas cedían y se dejó caer fuertemente. 'Oh, Dios mío... pero... no podría haber sido más de veinte minutos...' Miró a Finn, una idea horrible inundaba su mente. 'Finn, no creen que yo lo hice, ¿verdad? Juro que estaba vivo cuando salí corriendo. Te juro que haré lo que sea necesario, pruebas de ADN, detector de mentiras...' Su voz fue levantándose, estaba en el borde del pánico y ambos, Finn y Molly, llegaron hasta ella. Finn se sentó junto a ella, le tomó las manos entre las suyas, Molly se sentó en el borde de la mesa, con la mano en la parte posterior de su cuello. La cara de Steve se suavizó.

Finn la abrazó con fuerza. 'Sarah, como agentes de policía, tenemos que sospechar de todo el mundo, y yo apreciaría si deseas venir a responder a algunas preguntas, pero por el momento, no hay nada de qué preocuparse. Sólo estamos tratando de establecer lo que pasó. La cosa es... tu encuentro con Buddy esta tarde...uhm... bueno, estamos teniendo problemas...' Miró a Steve, de repente incómodo.

Steve apretó la mano de Sarah. 'Cariño, pensamos que puedes haberte confundido acerca de lo que exactamente sucedió.'

Hubo un silencio mientras Sarah digería eso. Ella sintió la llama caliente de la vergüenza enrojecer su cara, pero negó con la cabeza.

'No... no, lo que te dije es lo que sucedió. No entiendo... ¿por qué crees que estoy mintiendo?'

'No que mientas, dulzura, que estés confundida.' Esta vez fue Finn. El presionó sus hombros. Ella se apartó y se puso de pie.

'No estoy confundida. Yo sé lo que pasó, yo estaba allí. ¿Por qué dices esto?'

Miró entre Steve, Molly y Finn, al ver su preocupación, sintiendo su compasión. La humillación se apoderó de ella. Steve miró a Finn, quien asintió. Steve se aclaró la garganta.

'Sarah, no pudo haber sucedido tal como tu dijiste que pasó. Cariño... Buddy ha estado muerto durante al menos tres días.'

Isaac estaba a punto de salir de la oficina cuando Saúl lo detuvo. Su hermano tenía una grave expresión cuando le hizo un gesto a Isaac para que se sentara.

'Isaac, tenemos que hablar. Mira, me gusta mucho Sarah, y Dios sabe todo lo que te debo, pero estoy empezando a tener dificultades con la carga de trabajo - bud, has estado dejando las cosas de lado por un tiempo. Yo estoy trabajando muchas horas para ponernos al día, pero…'

'Dios, Saúl, lo siento mucho.' Asombrado, Isaac se dio cuenta de que había estado tan envuelto en Sarah, que ni siquiera se había percatado de que su hermano lucía agotado. Él empezó a sentir el peso de la culpa pulsando sobre él.

'Lo siento mucho, de verdad. Mira, todo cambiará ahora. Estoy aquí, estoy presente.'

Durante la siguiente hora se habló de negocios, luego Isaac envió a su hermano a casa con Maika y los niños. Jesús, ¿Cómo su vida se había convertido en esto?

Miró a través de una pila de notas que su ayudante le había dado. Invitaciones a eventos sociales. Tal vez ir y congraciarse con lo mejor de Seattle, haría que Sarah olvidara sus preocupaciones. Sonrió para sí mismo. Ella sería la mujer más bella de la habitación. Se sintió orgulloso por eso; la mujer más bella del mundo, al menos para él, le encantaba.

Se dio cuenta que su teléfono celular estaba apagado y rápidamente lo puso en marcha.

Diecisiete mensajes de voz. El primero hizo un nudo en su pecho. La voz de Sarah, dura, enojada.

Isaac. Llámame.
Necesitamos hablar.

Sarah se sentía agotada. Después de que Finn y Steve se habían ido, Molly quería quedarse un poco más, pero ella quería desesperadamente estar sola: necesitaba tiempo, tiempo para procesar lo que ellos le habían dicho, las implicaciones, la insinuación en sus voces.

Ella subió las escaleras y se echó sobre su cama, dobló sus rodillas hasta el pecho, dobló la almohada debajo de su cabeza para sentirse cómoda.

'Está bien,' dijo en voz alta, 'revisemos esto.' En su cabeza, recordó todas las partes del incidente, el parque de casas rodantes, los cantos, las amenazas, la forma en que él la había siseado. ¿Lo había imaginado? Ella trató de retroceder y observar desapasionadamente, pero finalmente negó con la cabeza. *Yo sé lo que vi, lo que he oí.* Si no era Buddy amenazándola entonces había sido otra persona. La persona que había estado acechándola. *Tú sabes de quién se trata...* La idea estremeció su estómago. En la distancia, podía oír la canción discordante de sirenas de la policía, un sonido que le secó la boca, y aceleró los latidos de su corazón. *Los gritos de mamá. Ve y abre las piernas para los policías, puta de mierda. Recibí la alegría alegría alegría alegría profundamente en mi corazón...*

Sarah puso la almohada sobre su cabeza y comenzó a llorar tanto así que cuando sonó el timbre de la puerta, ella no lo oyó al principio. Cuando, finalmente, el sonido llegó hasta ella, tropezó por las escaleras y abrió la puerta. Finn estaba allí, con el rostro pálido.

-Cariño... Necesito que vengas a la estación. Necesitamos que respondas algunas preguntas.'

Isaac casi gimió cuando la primera persona que vio mientras él se dirigía hacia la cafetería fue Caroline Jewell. Ella estaba de pie afuera, fumando, y cuando lo vio, se apartó de la pared y se acercó a él. Isaac no la saludó ni le sonrió; no tenía tiempo para esta desgracia de ser humano. La sonrisa de ella era desagradable, se burlaba mientras caminaba hacia él. El suspiró y se dio la vuelta para seguir.

'Acabo de ver a tu novia.'

Los hombros de Isaac se tensaron. '¿y qué?'

'En su camino a la estación de policía. Parecía como que estaba bajo arresto.'

Isaac la miró con incredulidad. 'Caramba, tienes que tener algo de imaginación.' Su charla con Saúl lo había hecho sentir culpable y estresado y, ahora, él podía prescindir del rencor de Caroline.

'Es verdad. Podría haber jurado que estaba esposada. No me crees, anda a ver por ti mismo.'

Isaac se detuvo, la miró fijamente. Caroline sonrió ampliamente, sabiendo que lo había enganchado.

'No entiendo lo que ves en esa zorra.'

El labio de Isaac se curvó con disgusto. 'Realmente eres una perra desagradable, ¿lo sabes?'

Caroline hizo un gesto de reverencia. 'Aun así, cuando te canses de esa vagina asiática, puedes venir a verme.'

'Sí, espera sentada,' murmuró Isaac mientras se alejaba del cacareo de la pelirroja. Hizo una nota mental para preguntarle a Finn otra vez por qué diablos se había casado con una mujer tan mala.

Se acercó a la estación y entró a la oficina. Esta estaba vacía pero podía ver que una de las dos salas de entrevistas estaba ocupada y se metió en la habitación contigua a mirar a través del cristal de una sola vía. Sarah estaba frente a él, sentada a la mesa con Finn y otro detective que no reconoció. Parecía tranquila pero cansada y estresada; él pudo ver su codo vendado y su oreja hinchada y ensangrentada. La observó mientras se limpiaba una lágrima de la mejilla. Isaac maldijo y se fue a golpear la puerta de la sala de entrevistas.

'¡Jewell! ¡Ven aquí!'

Finn llegó hasta la puerta y la cerró inmediatamente detrás de él. Isaac alcanzó a ver la sorprendida cara de Sarah antes de que la puerta se cerrara. Finn lo empujó a la otra habitación.

'Cálmate, Isaac.'

'¿Qué carajo está pasando, Finn? ¿Por qué está Sarah ahí?'

Finn esperó hasta que Isaac se calmara antes de hablar. Buddy Harte fue asesinado. Al parecer ella fue la última persona en hablar con Buddy Harte. Aunque no creemos que sea Sarah quién lo mató, todavía tenemos preguntas para ella. Sabes cómo es esto, Isaac, no necesito decírtelo.'

Isaac se mordió el labio, se balanceó un poco sobre los talones. '¿Ella está bien?' Dijo finalmente, con voz suave ahora. '¿Fue herida?'

Finn asintió. 'Pero sólo son heridas superficiales de la caída y de tener que entrar en su casa a la fuerza. Ella está bien. Nos está ayudando, respondiendo a todo lo que le están pidiendo. Estamos esperando por una mujer médico para que tome algunas muestras'.

Isaac entrecerró los ojos. '¿La esposaste?'

Finn puso la mano sobre el hombro de Isaac. 'No, Isaac. Ella no está bajo arresto, ella está sólo ayudándonos. Es muy cooperativa, muy abierta. Confía en mí, no hay nada de qué preocuparse.'

Isaac sacudió la cabeza. 'Honestamente, tú no puedes pensar que ella tenga que ver con esto, ¿verdad? ¿Y quién está hablando con ella?'

Finn vaciló por un momento. 'Creo que deberías ir a casa, Isaac. Nos vemos en la mañana.'

Isaac se puso de pie. 'Quiero verla.'

'Espera. Veré lo que puedo hacer, pero mientras tanto, cálmate.' Finn dio una palmada en el hombro de Isaac. 'Mira, hombre, ella está bien, ella es buena. Danos una mano, déjanos terminar.'

Cabot Marin, el detective de la ciudad, la estudió. 'Sarah, tenemos razones para creer que Buddy fue muerto por la misma persona que está asesinando mujeres jóvenes en la ciudad. La joven mujer asiática-americana, siento tener que decirte que la víctima se asemejaba a ti en un grado innegable.'

Comenzaba a entender - luego se aterrorizó. 'Oh Dios.' Se sintió enferma.

Cabot asintió. 'Obviamente, no podemos estar cien por ciento seguros, vamos a tener que esperar a los forenses, pero si tenemos razón... tenemos que tomar muestras.'

Una sensación de temor, de inevitabilidad, pesaba sobre ella. 'Así que *soy* sospechosa.'

'Sería irresponsable de nuestra parte descartar a nadie en este momento, ¿entiendes? Sin embargo, estamos bastante seguros de que el asesino es un hombre, y mucho más alto que tú, sin ánimo de ofender, no podemos permitirnos dar ningún traspiés.' Cabot sonrió amablemente ella. 'Sarah, ¿quieres parar un rato? Podemos, no estás bajo arresto, eres libre de irte. Podemos empezar de nuevo en la mañana.'

Sarah se frotó los ojos y sacudió la cabeza. 'Yo prefiero hacer lo necesario y terminar. Aunque, por favor, ¿Podría tener un poco de agua o té?'

'Por supuesto.' Cabot se levantó para irse y Finn abrió la puerta.

'Sara, Isaac está aquí, ¿deseas verlo?'

Ella asintió y sonrió cuando Isaac entró en la habitación. La abrazó y la besó en la frente.

'¿Te tratan bien?'

'Por supuesto. ¿Te importa esperarme? Puede llevarme aún un buen rato, no sé.'

Él apretó sus brazos y sonrió. 'Yo esperaría toda la noche.'

Había algo en su expresión que no podía leer, pero la comodidad de sus brazos era demasiado suave para considerarlo.

Cabot volvió con una taza de té, y Sarah vio ahora a la

doctora del Centro Médico, quién le sonrió. Isaac le hizo un guiño al salir de la habitación. Cabot esperó a que la doctora tomará las muestras y saliera. Sarah tomó un sorbo de té caliente, sintiendo el calor extenderse por todo su cuerpo. Sentía sus manos heladas, su pecho apretado. Cabot volvió y se sentó en la mesa frente a ella.

'El Señor Quinn parece un buen tipo. Finn me dice que ¿no hace mucho que lo conociste?

Sarah asintió. 'Hace tan sólo unos meses.'

'¿Cuándo desapareció tu esposo?' preguntaba Cabot cuando Finn volvió. Ella le dijo y él intercambio una leve mirada con Finn, un gesto. Cabot se aclaró la garganta.

'Sarah, quiero darte un par de fechas del último par de años y me gustaría que me dijeras dónde estabas en las noches de esas fechas. Si no puedes recordar, no te preocupes, esto es sólo para el seguimiento de una línea de investigación.'

'Está bien.' Ella frunció el ceño, mirando entre los dos hombres. Finn pasó a Cabot un pedazo de papel, ofreciéndole a Sarah una sonrisa tranquilizadora. Cabot leyó a través de la lista y asintió.

'Está bien, entonces. ¿Diciembre 13?'

Se relajó de inmediato, los hombros cayeron con alivio. 'Oh, eso es fácil. Ese es mi cumpleaños, yo estaba aquí, con Molly en una noche de chicas. Empezamos en el bar de Hank. Nancy y George se unos unieron también.' Su pecho fue aflojando ahora y dejó escapar un tembloroso, pero agradecido, suspiro. Finn le devolvió la sonrisa.

'¿Julio 3?'

Una expresión de dolor cruzó su rostro. 'No recuerdo.' Ella apartó la mirada de Finn.

'¿Sarah? ¿Qué pasa?'

Hubo un largo silencio. 'Julio 3 es el aniversario de la muerte de mi madre.'

Cabot se aclaró la garganta. Finn se inclinó sobre la mesa y puso su mano sobre Sarah. 'Uno más y dejaremos que Isaac te lleve a casa.' Miró a Cabot quién asintió.

'Está bien, Sarah, el último. ¿Mayo 16?'

Sarah sacudió la cabeza, con los ojos llenos de lágrimas. 'No entiendo, ¿qué son estas fechas?'

Finn se acercó y le tomó la mano. 'Sarah, dulzura... Desde hace 2 años, ha habido otros asesinatos de mujeres en todo el país. Cariño, todas ellas lucían como tú- no sólo porque ellas eran de origen asiático, sino que en realidad podrían ser como tus hermanas. Todas ellas fueron destripadas.' 'Lo siento' dijo él, cuando Sarah se encogió.

Cabot se aclaró la garganta. 'Sarah? ¿Mayo 16? ¿Por favor?'

Ardientes lágrimas cayeron por sus mejillas. 'Mayo 16, hace ocho años. Yo llevaba un vestido blanco y Dan llevaba pantalones vaqueros con una corbata de lazo sobre una camisa azul de botones. Mayo 16 fue nuestro aniversario de boda.'

'¿Qué hizo entonces la perra? ¿Degolló a Buddy? Parece que corre en la familia, después de todo. Peligrosa rebanadora Sarah Bailey.'

Finn finalmente tuvo suficiente y se dio la vuelta. Desde que había llegado a casa, Caroline había estado encima de él para que le dijera lo que pasó, sin molestarse en ocultar su disfrute por el dolor de Sarah. Él se quedó mirando ahora a la pelirroja frente a él.

'¿Sabes qué, Caroline? Vete a la mierda. Tú has vivido una vida de odio, y de rencor y malevolencia y ahora toda la fealdad que eso representa se refleja sobre tu cara. ¿Sabes por qué tus padres raramente vienen a verte? Porque te odian. Tus propios padres. Lo sé porque hablo con ellos todo el tiempo, por teléfono, por correo electrónico. Tú rompiste su corazón hace mucho tiempo. Ahora, voy a dormir -en el sofá. Luego me voy a mudar tan pronto como pueda encontrarme otro lugar. Hemos terminado.'

Y él salió de la habitación, dejando a una estupefacta Caroline mirando tras de él.

Isaac saludó a Stan a su llegada al pequeño restaurante. Stan, un hombre afroamericano, alto y ancho le sonrió. 'Hola, señor Quinn, gusto de verle.'

Isaac le dio la mano. A ti también, Stan. ¿Pediste algo?'
'Sólo café.'

Cuando Isaac se quitó la chaqueta, una camarera con estilo punk se acercó. La etiqueta con su nombre decía '*Yo*'. Isaac le sonrió.

'¿En serio?'

Ella sonrió mostrando sus dientes muy blancos - a excepción de un incisivo de oro. -No. Es como todo mundo me llama – un apodo pegajoso. ¿Qué puedo traerles, chicos guapos?'

Después de hacer el pedido, Stan le dio una sonrisa de complicidad y sacó una carpeta de su maletín. 'Usted quería que le echara un vistazo a la mujer que está fornicando con Dan Bailey. Bueno, ya la tengo y es extraordinario. Voy a dejar que las fotos hablen por sí mismas.'

Yo estuvo de vuelta con el café y por un momento, charlaron con ella, mientras la carpeta quemaba la mano de Isaac.

Cuando por fin estuvieron solos, Isaac abrió la carpeta. Examinó las fotos en silencio y luego levantó la vista hacia un Stan expectante.

'¿Es posible estar a la vez sorprendido y no estarlo en absoluto al mismo tiempo?'

Stan asintió. 'Sí.'

La mujer en las imágenes, la mujer que dormía con Daniel Bailey, era Caroline Jewell.

La semana siguiente a que el cuerpo de Buddy había sido encontrado había sido una pesadilla. Ella había revisado una y otra y *otra vez* su historia con Finn e Isaac, y luego con Cabot Marín, quién había sido tan amable con ella. Por lo que ella sabía, estaba todo claro, pero... estaban las miradas, los susurros, los disimulados empujones. Se había corrido la voz por toda la isla y sabía que la gente la escrudiñaba lo que, en su mente razonable, y aunque ella sabía que era ridículo, no era nada nuevo para ella. Ella había tenido eso durante toda su vida. La hija con la madre asesina, ¿quién podría culparla si ella enloquecía?

Sin embargo, ella podía sentir su paz mental deslizarse, su confianza, su estabilidad. Todo por lo que siempre había luchado, para lo que trabajaba. La paranoia la arrastraba y eso no sabía cómo detenerlo. Las fechas que se correspondían con los asesinatos de las mujeres en la ciudad. Cabot y Mike le habían asegurado que no era sospechosa, con las muestras y las grabaciones, ella había salido limpia, pero todavía mantenía esa sensación de temor.

Ellos habían sugerido que, quizás, el asesino había vuelto a la escena del crimen y había abusado verbalmente de ella para evadir la detección. Ella quería creer eso, lo quería tanto.

Recibí la alegría alegría alegría alegría profundamente en mi corazón...

Su mamá cantando en un inglés desastroso. Casi dormida, viendo las lágrimas de su mamá, sintiendo el dolor agudo, súbito en sus muñecas, su mamá gritando... y el repentino y horrible silencio.

Sarah se detuvo, tratando de no vomitar. *No*, pensó, *no estoy loca. Oí la canción. El que sea que estaba en ese tráiler me conocía.*

Ella esperó a que la náusea pasara, obligando a su mente a concentrarse en otra cosa. No era sólo eso... Isaac había estado trabajando más y más tarde en la oficina y ella se preguntaba si finalmente había llegado al límite con su drama. Sarah no se sentía digna de él; ella no lo culparía si él se alejaba.

Dios. Se detuvo, casi se dobló con el dolor de la idea de perder a Isaac. Lo que sea que pasara, ella no iba a dejar que eso sucediera.

Pero todos los días, su paranoia había aumentado, tenía la

sensación de que de alguna manera venía algo malévolo y ella no podía detenerla.

Incluso aquí, en casa, no se sentía segura. La ira corrió a través de ella. No. Esta era su casa, su isla. De repente se acordó de algo. Corrió por las escaleras, bajó la escalera de la habitación del ático, y subió a la habitación polvorienta.

Encendió la luz del techo, la bombilla desnuda oscilante, la desorientaba. Tantas sombras. Hizo caso omiso de los rincones oscuros; y siguió hacia los enormes baúles con las cosas de Dan que George había empacado por ella cuando Dan desapareció. Ella abrió el primero. Tenía libros antiguos, los anuarios de Dan y ella curioseó a través de ellos.

Eso era raro. Dan tenía el anuario de su último año en la escuela secundaria - pero él no estaba en la misma. Sarah frunció el ceño. ¿Por qué iba a mantener un anuario de esa manera? Hurgó más profundo en el baúl y encontró un poco más. Todos los anuarios eran del mismo año, pero en las escuelas de todo el país.

El sobre estaba en el fondo de la pila, el corazón le dio un salto cuando leyó la dirección. 'Señor. Raymond Petersen...' Era su domicilio. Ella frunció el ceño. ¿Quién demonios era Raymond Petersen?

Ella sacó la carta y la desdobló. Era un papel grueso, pesado, color crema, de buena calidad, y en la parte superior, en la cabecera, estaba escrito en elaborada cursiva: *William Corcoran y Asociados, Abogados. Nueva Orleans*, notaba mientras leía la nota.

Raymond,

He tratado de contactarte numerosas veces desde la última vez que nos vimos. Si no me contactas para el viernes, yo me veré forzado a ir a Seattle a verte. Por otro lado, he colocado el testamento de tu padre en espera hasta el momento en que yo sepa que te has contactado conmigo y con tu hermano.

Espero que estas medidas no sean necesarias.

Raymond Petersen? ¿Hermano? Todo aliento fue eliminado de sus pulmones, sus piernas temblaron y se agarró a la pared para mantener el equilibrio. Sin duda, Dan no había mentido sobre quién era, por encima de todo lo demás... *no, no, por favor.*

Entonces ella gimió hasta que se sacudió. *Piensa. Un abogado. Una conexión con el pasado de Danny.* Sarah hurgó nuevamente en el baúl y encontró una pluma, escribió el nombre y el número del abogado sobre la palma de su mano. Ella lo llamaría, arreglaría esto.

Abrió otro baúl. Más anuarios y cuando ella los sacó, una pila de fotografías cayeron en su regazo. Miró a través de ellas. Al principio, parecían ser fotos normales de familia entonces se dio cuenta... Dan no estaba en ninguna de ellas. Todas las fotos eran de ella - y la mayoría, obviamente, se habían tomado sin su conocimiento.

Sarah sintió que su piel comenzaba a arderle. '¡Maldito asqueroso, *Raymond*!' En ese momento no quedaba ningún amor residual por Dan; todo lo que quedaba ahora era un ardiente odio. ¿Quién demonios era ese hombre con el que ella había vivido, había amado y había dormido por todos esos años?

La última foto estaba oculta dentro de un cuaderno. El cuaderno estaba en blanco excepto por dos palabras: Sarah - ¿Cuándo? Ella frunció el ceño y luego volvió su atención a la foto. Llevaba una vieja camiseta, pantalones vaqueros, el pelo suelto, volando alrededor de su cara y ella se reía de algo justo fuera de la imagen, pero su cara parecía mucho más joven, más completa. Una inofensiva toma. Otra foto donde ella no sabía que estaba siendo tomada. Ella enfocó los ojos en ella, tratando de recordar dónde había estado ese día. No fue en la isla, podía ver que... pero ella negó con la cabeza. Enfocó los ojos nuevamente en el paisaje... algo tan familiar y, sin embargo... ella suspiró con frustración, guardó la imagen en el bolsillo. No sabía cuánto tiempo había estado contemplando las fotos —esos momentos robados de su vida.

Luego, un golpe desde abajo. Ella se congeló. Otro golpe. El estómago le dio un vuelco. *Podría ser una rama, podría ser una rama golpeando el exterior de la casa.* Estabilizó el aliento, tratando de mantener la calma. Se acercó a la ventana, mirando hacia fuera en la penumbra de la tarde, esperando ver los árboles flexionándose y balanceándose. Pero la tarde estaba quieta. Nada. Una puerta se cerró y la casa se sacudió con el impacto. El miedo era una puñalada en su intestino. Se arrastró hasta el tope de la escalera y se detuvo, escuchando.

Alguien estaba en la casa.

Isaac miraba por la ventana del transbordador. El cielo estaba oscuro, el agua agitada. Amaba a su ciudad natal pero demonios -necesitaba escapar. Se preguntó si podía convencer a Sarah para que se fuera con él -no era que ella no necesitara el descanso también, pero ¿Dejaría ella otra vez a Molly tan pronto después de su ataque? Él deseaba egoístamente que ella encontrara a alguien para manejar el negocio por ella; luego se reprendió a sí mismo. *¿Qué eres, un cavernícola?*

Pensó en la noche siguiente en la que Sarah le había llamado para decir que necesitaban hablar. Después de que la había llevado a su casa desde la estación de policía, se habían sentado a la mesa de la cocina, bebiendo whisky de tazas de porcelana y hablando.

'¿Por qué ocultar lo que le pasó a Molly de mí?' Su rabia anterior se había disipado y ahora ella solo sentía curiosidad. Isaac suspiró, pasándose una mano por sus cortos rizos oscuros.

'Fue un movimiento torpe para protegerte. Finn me había dicho que tuviste algo de depresión después de... bueno... por lo que pasó cuando eras niña. Tanto él como yo pensamos, sobre todo después de lo de George, que era algo que podía esperar.'

Sarah se quedó mirando por la ventana por un largo

tiempo. 'Sabes, esa no era una decisión tuya o de Finn.'

Isaac asintió. 'Yo lo sé y lo siento. '

'Necesito sentir que tengo control sobre mi propia vida,' dijo, 'no destruyas eso, yo tengo el control sobre mi propia vida. Pasé años pensando que no era capaz de tomar mis propias decisiones -Dan fue parcialmente responsable de eso. Así que no, por todo el amor que te tengo, no hagas ese tipo de decisiones por mí.'

Isaac levantó las manos. 'Estoy contigo.'

Sarah visiblemente relajada, se frotó entonces los ojos. 'Hombre, qué día. Demasiados de este tipo últimamente.' Se levantó y se acercó a él y él la atrajo a su regazo, enterrando su cara en el cabello de ella. Ella echó sus brazos alrededor de su cuello. 'Estamos bien, sin embargo, ¿verdad?'

Él agrupó su pelo en su puño y lo besó profundamente. 'Siempre.'

Ella acarició la oreja de él con su nariz y le susurró suavemente. 'Llévame a la cama, Isaac Quinn...'

Él los había visto cuando poco a poco se despojaron uno al otro de sus ropas. Incluso con la tenue luz de la habitación, él podía aún ver la forma en que ella miraba a Quinn, como si no pudiera ver nada más, con ojos brillantes, atontada, casi ebria por el deseo. Quinn se puso de rodillas y hundió la cara en su vientre, mientras levantaba la pierna de ella por encima de su hombro mientras él seguía bajando, besando, hasta que su boca encontró sus genitales. La cabeza de Sarah cayó hacia atrás cuando se quedó sin aliento cuando la lengua de él se envolvía alrededor de su clítoris, rozando a lo largo de su suave y tersa fisura.

Él podía ver a Quinn, a su gran pene erguido contra su estómago, depositándola sobre la cama, separando sus piernas. La vio sonriéndole a él, abriendo las piernas para él, rogándole que llenara su vagina. Cuando Quinn empujó con fuerza contra ella, ella gritó y su sonido hizo que el observador se endureciera, demasiado duro, incómodo. Él comenzó a masturbarse, en silencio, ahogando sus gritos, sin apartar los ojos de la hermosa mujer en la cama. Pronto, ella estaría muerta y nunca podría verla así de nuevo.

Él se vino con fuerza, con vibrantes espasmos, acalorado, y silenciosas lágrimas de rabia y deseo rodaban por su rostro.

Sarah bajó por la escalera que conduce hasta el ático hasta el pasillo del segundo piso y se detuvo, escuchando. En su mano, la barra de hierro que había usado para abrir los baúles. La agarró con fuerza con su mano, pero sus manos estaban húmedas del miedo. Por un segundo se preguntó si lo había imaginado, pero entonces oyó un movimiento de silla, pasos en el pasillo debajo de ella. Ella miró por encima de la barandilla. Una figura se detuvo debajo de ella, su gran figura enteramente vestida de negro Ella retrocedió, el terror chillaba a través de ella ahora. Tratando de oír, se dio cuenta de que él estaba hablando consigo mismo y ella se asomó por encima de la barandilla de la escalera. Tenía una capucha puesta sobre su cabeza. Durante un largo rato, todo estaba en silencio y luego de repente el hombre soltó un rugido, un grito de tal ferocidad y rabia que la casa resonaba con él.

Chocada, aterrada, Sarah se quedó sin aliento. Él levantó su cabeza y se volvió hacia las escaleras. Sarah retrocedió, se dio la vuelta y corrió. Podía oír sus pasos detrás de ella, persiguiéndola, cazándola. En su pánico, ella se deslizó a lo largo del suelo de madera, desesperada por un escondite. Gimió de alivio cuando se deslizó al último cuarto -el baño de invitados y cerró. Ella se precipitó en la habitación, mirando a su alrededor con desesperación cuando él empezó a golpear la puerta con su cuerpo. Ella empujó la ventana, pero la caída era un largo camino hasta el suelo, se rompería las piernas si trataba de saltar. Sin embargo, dejó la ventana abierta con la esperanza de que él pensara que se había ido de esa manera. Por una vez agradecida de su pequeña estatura, se metió en su cesta de lavandería, tratando de calmar su respiración, el terror chillando por todo su cuerpo. Si él la acorralaba aquí, sola, sin protección y desprevenida, podría matarla, ocultar su cuerpo y escapar antes de que nadie la encontrara. *Si* alguien alguna vez la encontraba. Sintió la necesidad desesperada de gritar, pero apretó las manos sobre su boca cuando la puerta del baño se abrió.

Los segundos parecían años. Ella podía oír su respiración. Él se acercó más.

Después de un minuto, ella no podía estar cien por ciento segura, pero ella ya no escuchaba la respiración de él en la habitación. Ella valientemente abrió un poco la tapa de la cesta y se asomó por la rendija. El baño estaba vacío. Escuchó con atención, ella podía escucharlo moverse a lo largo del pasillo. Luego él estaba en el dormitorio. Ella salió de la canasta y se dirigió con cuidado a lo largo del pasillo. Se arrastró por las escaleras y estaba a punto de abrir la puerta cuando escuchó que él salió de la habitación. '¡Maldita, maldita puta!'

Ella abrió la puerta y corrió.

'Vampira está aquí.' Molly señaló con la cabeza hacia Caroline. Finn asintió. Caroline se sentó en una mesa en el otro extremo de la cafetería. El resto del lugar estaba vacío. Había pasado una semana desde que el la abandonó y al verla ahora, sabía que había tomado la decisión correcta.

'Ya veo. ¿Me puedes servir un café?'

'Por supuesto, hermano. Voy a traer además un poco de sangre fresca para la vampira.' Molly sacó su lengua sobre su barbilla y le sonrió.

Él se acercó y se sentó a la mesa de Caroline. Ella le sonrió.

'Veo que estás ocupado en tu trabajo, oficial.'

Su tregua no había durado. Desde hacía varias semanas habían estado criticándose el uno al otro y ahora Finn había llegado a su límite. Él quería salirse. Definitivamente.

Se había pasado el último par de noches durmiendo en el sofá de Molly, después de largas conversaciones con su hermana, durante toda la noche. Ella incluso le había llevado café después de la medianoche, mientras él estaba trabajando solo en el turno nocturno en la estación.

Había levantado la vista al ver a su hermana entrar a la oficina. Molly levantó la taza de café, con una expresión entre irritada y divertida.

'A su orden, mi señor. He acudido ante su presencia… yo.' Ella se rindió con un encogimiento de hombros y una sonrisa. '¿Qué deseas? Tuve que escapar mientras Mike estaba roncando como una morsa en el sofá. Es todo un espectáculo, sus bostezos. A veces le zumbo uvas, tratando de que entren.'

Finn sonrió. '¿Cómo funciona para ti?'

'Una vez alcancé su ojo, otra vez la metí en la boca y casi lo ahogo. Estaba bastante molesto pero me las ingenié, bueno, al menos he marcado dos veces.'

'Suena como tu vida sexual en la universidad.'

'Oh, ja, ja, ja, el rey de la comedia, y asco, amigo, soy tu hermana.' Ella echó un vistazo a su escritorio vacío. '¿Qué es lo que realmente quieres?'

Finn vaciló. 'Tengo que decirte, hermana, estoy pensando en dejar de fumar. No, en serio.' Añadió mientras ella entornó los ojos.

'Me has dicho esto, que, ¿cada seis meses? Nunca vas a dejar de fumar.'

'¿No vas a darme el discurso completo de *eso está en tu sangre*?' Finn parecía decepcionado y ella sonrió.

'De todas formas,' agregó él, 'esta vez, es diferente.'

Su hermana levantó las cejas. '¿Oh si? ¿Es que finalmente vas a hacer algunos cambios, vas a divorciarte, a conocer a alguien... humano?'

Finn se mordió el labio y no respondió. Molly aún no sabía sobre el bebé. Si lo supiera... *Dios*, no quería pensar en eso. Él sabía cómo reaccionaría –con horror de que Caroline lo hubiera atrapado.

Ella entrecerró los ojos. '¿Y bien?' Se encogió de hombros y suspiró. 'Sí, me lo imaginaba. Cua Cua '.

'¿Qué es Cua Cua?'

'Es un ruido de gallina.'

'Las gallinas hacen Co Co, no Cua Cua. Y no soy gallina. Soy respetuoso de la santidad del matrimonio.'

Molly resopló. 'En primer lugar, no cuenta cuando estás casada con un Anillo de Espectro y en segundo lugar – eso realmente pone a las chicas calientes' Oh Finn, respétame, respétame duro, ¡respétame realmente bien!'

'Realmente no estoy cómodo con esas palabras que salen de tu boca.' Se rio, pero luego suspiró e inclinó la silla hacia atrás, apoyado en la pared. 'No sé, sis... '

Molly gruñó. 'Por el amor de Dios, Finn, ¿no te vuelve loco? Esta constante... Dios, ya no sé ni cómo llamarlo. Todo, *todo* te está diciendo que dejes a Caroline. Ella te hace miserable. Ya ni siquiera lo disimula. Quiero que seas feliz, que encuentres a una persona que te dé alegría. Deja de perder el tiempo. Has algo. Lo único que voy a decir es esto: no la encontrarás a ella mientras todavía estés casado, o al menos viviendo, con el conde *Slutula*. Ella te ha cambiado, ha escrito su pesar y su dolor todo sobre ti. Así que antes que nada, tienes que decidir qué hacer. Tú, nadie más. Y pronto.'

Finn asintió. 'Sí. Tienes razón.' Él rio por lo bajo. '¿Conde Slutula?'

Molly sonrió con malicia y Finn se rio. Apuró su café y luego miró a su hermana con recelo.

'¿Desde cuando eres tan inteligente?'

'Desde que nací. Tenían un montón de cerebros sobrantes para ti.'

'Graciosa.'

Molly le sonrió pero sus ojos estaban serios. 'No tiene nada que perder, Finn. Nada.'

Ahora estaba sentado frente a su sonriente y odiosa esposa de hace cinco años y no veía nada en ella que pudiera amar de nuevo. *Nada.*

Finn la miró con desagrado. '¿Qué quieres Caroline?'

'¿No se trata más de lo que tú quieres, Finn?'

Él suspiró. 'Sí. No hay que alargar esto. Quiero el divorcio. No es sorpresa para ti.'

'No' Pero ella estaba sonriendo, encendió un cigarrillo. Molly pasó por delante y se lo arrebató.

'No fumar, ¿acaso eres idiota?'

Caroline se encogió de hombros y tomó un sorbo de café. 'Bueno, una cosa buena de conseguir el divorcio sería no tener que verte de nuevo, perra.'

'El sentimiento es totalmente mutuo.'

Caroline se levantó y alcanzó pasar a Molly para agarrar una magdalena del mostrador. '¿Cuándo vas a conseguir una vida, Molly, en lugar de actuar como proxeneta para mi marido?'

Molly se quejó. 'En algún momento, esta implacable putería seguramente iba a ser agotador para ti.' Ella pasó junto a Caroline, con algo de fuerza, pero Caroline sólo se quedó sonriendo. '¿Por qué estás tan feliz de todos modos? Es decir, además de hacerle desgraciada la vida a mi hermano, es decir.'

'Molly.' Finn negó con la cabeza a su hermana.

Caroline se rio. '*Estoy* feliz y es más ¿Vendes champán en esta porquería de agujero?'

Molly parecía confundida. '¿Qué?'

'Cállate, Caroline.' Finn masculló entre dientes las palabras, su mirada fija en su esposa.

Caroline veía a uno y al otro y comenzó a reírse. 'Oh, Dios mío, ella no lo sabe, ¿verdad?'

Molly frunció el ceño. '¿Saber qué? ¿Finn?'

Finn hundió la cabeza entre sus manos cuando Caroline alardeó triunfadoramente.

'Mi esposo y yo tenemos que celebrar. Vamos a tener un bebé.'

Sarah no lo pensó, de repente ella estaba corriendo, corriendo hacia su camioneta. No lo logró. Él agarró la parte posterior de su cuello, aplastó su cabeza contra la ventanilla del lado del conductor. Aturdida, Sarah se retorció, tratando de escapar de su agarre, pero él era demasiado fuerte. La arrojó al suelo y puso todo el peso de su cuerpo encima de ella, presionando su boca contra la tierra, su rodilla en la parte baja de la espalda.

Eso es todo. Este es el fin. Sarah luchaba contra él, la adrenalina corría por sus venas pero no tenía ninguna posibilidad contra su corpulencia. Su atacante rio y ella sintió sus dedos en su cuello. 'Sarah, Sarah, Sarah. Eres una chica inteligente, tú lo sabes. Quiero que le des a tu maldito multimillonario un mensaje, niña. Dile que voy a enseñarle acerca de pérdida. Dile que voy a enseñarle el significado del dolor.' Su voz era fluida, áspera, y las manos apretaban la garganta de ella, sus uñas se hundían y ella se atragantó. La sonrisa de él se desvaneció, sus ojos se quedaron en blanco. 'Voy a matarte, Sarah, lo sabes ahora, ¿verdad? Y cuando lo haga, lo haré tan lentamente que sentirás cada pulgada de mi cuchillo cortando a través de ti, derramaré hasta la última gota de tu sangre, sacaré hasta el último aliento de tus pulmones.' Ella sintió la punta del cuchillo presionando con más fuerza contra su cuerpo mientras él se reía en voz baja. 'Disfruta el tiempo que te queda. La única razón por la que no te voy a matar esta noche, en este momento, aquí, es que voy a asegurarme de que tu amante cabrón esté viendo cuando tu mueras. Entonces voy a matarlo a él también. Despacio. Por lo tanto, aprovecha la mayor parte del tiempo que te queda, cariño, que no es mucho. Hasta entonces…'

Le pegó con fuerza en la cabeza con la empuñadura del cuchillo y todo se oscureció.

Isaac Quinn tenía reuniones consecutivas -su propio diseño- para compensar el trabajo en que él había sumido a Saúl estos últimos tres meses. En apariencia, parecía comprometido, alerta, pero su cerebro estaba trabajando horas extras. Daniel

Bailey, supuestamente muerto o desaparecido, fornicaba con Caroline Jewell. ¿Era Caroline la razón por la que él estaba de vuelta en Seattle y por eso no se había puesto en contacto con Sarah? En su mente, Isaac había pintado a Dan como una fuerza amenazante, pero tal vez el solo era un cobarde. Tal vez no quería hacer frente a las preguntas. Sarah le había dicho que sospechaba que Dan estaba teniendo una aventura antes de que él desapareciera. Caroline era el principal sospechoso y las investigaciones de Stan demostraron que de hecho era la amante de Bailey. No pudo evitar la sensación de alivio que sentía.

Pero entonces ¿quién había matado a George? ¿Y a Buddy Harte, el carpintero de la ribera? Si el asesino era, como pensaba la policía, la misma persona que estaba matando a mujeres jóvenes de origen asiático, ¿por qué él no simplemente asesinaba a Sarah, en lugar de aquellos a su alrededor? Isaac se estremeció ante la idea.

Cuando regresó a su oficina, justo después de las ocho, su ayudante Maggie le dijo, para su alivio, que su reunión final se había cancelado.

'Maggie, es tarde, vete a casa. Ya has hecho más que suficiente. Toma el día libre mañana.'

Maggie sonrió y le dio las gracias. Después de que se había ido, Isaac llamó al celular de Sarah. Se fue al buzón de voz, pero él sabía que ella debía ir a trabajar esa noche para hacer un inventario con Molly.

No tenía idea de si debía hablar con Finn, decirle acerca de la infidelidad de Caroline. Se abriría una caja de Pandora, eso era seguro.

Y él no podía decirle a Sarah tampoco. Ella era tan apasionado, y odiaba a Caroline y amaba a Finn en igual medida que, sin lugar a dudas, iría directamente con Finn - si no es que ella mataba a Caroline primero.

No, lo siento, bebé. Este es un secreto que tengo que guardarme. Hasta que Dan Bailey se dé a reconocer con ella -

si lo hace alguna vez- entonces él podría tomar una decisión diferente. Isaac se mostró satisfecho de tomar la decisión correcta.

Intentó llamar a Sarah de nuevo. Mensaje de voz. Él sonrió. 'Hola hermosa, estoy terminando, estaré en casa en una hora. Te quiero mucho. Te veo pronto.'

Abrazándose a si misma contra la fría pared de azulejos, Molly subió sus rodillas hasta el pecho y lloró en silencio.

Se sentó allí por un rato en silencio y entonces escuchó un suave golpe en la puerta de la cocina. Molly se levantó y la abrió solo un poco. Finn. Él le sonrió a su hermana.

'¿Puedo pasar?' Su voz era suave.

'Está bien.' La voz de Molly era ronca. Ella puso su cabeza sobre sus rodillas, y sintió que él se sentaba frente a ella. Él deslizó su mano bajo la barbilla de ella y le levantó la cara hacia él.

'Lo siento.' Susurró.

'No tienes nada de que disculparte. Yo no tengo ningún derecho a sentirme así. Ninguno '. Suspiró. Hubo un silencio.

'Sí', dijo él en voz baja, 'si lo tienes. Tienes todo el derecho.'

Ella puso su cabeza nuevamente en las rodillas y él le acarició el pelo, con un sentimiento de impotencia.

'Puede que no sea mío.'

Molly levantó la vista entonces, las lágrimas fluyen de nuevo y le dio una sonrisa triste.

'*Puede.*' Y sabía lo que quería decir. Cerró los ojos y se frotó la cara con las manos. Se miraron el uno al otro por largo tiempo.

'Nunca tuviste una oportunidad, ¿verdad? Desde el momento en que ella consiguió tu anillo en su dedo, ella te hizo la vida imposible. Y ahora va a hacer eso para siempre.' Ella suspiró y apartó la mirada.

'No me tengo que quedar con ella.'

'Lo harás, Finn. Te conozco – tú no eres como Pa, no te

alejarás de un niño que podría ser tuyo. Por lo tanto, te quedarás. Al menos hasta que el niño puede entender por qué su madre es como un súcubo.'

Finn sonrió suavemente y Molly se secó los ojos. Finn levantó a su hermana para ponerla de pie y luego miró a su alrededor. '¿No se supone que ibas a hacer un inventario con Sarah esta noche?'

Molly miró el reloj. 'Por Dios, me había olvidado por completo. ¿Dónde diablos está ella?'

Ella intentó llamar a Sarah y cuando no obtuvo respuesta, compartió una mirada con Finn, una preocupación tácita. Rápidamente marcó a Isaac.

'Oye, Isaac... ¿está Sarah contigo?'

La expresión del rostro de su hermana le dijo a Finn todo lo que necesitaba saber. Agarró las llaves de su automóvil. 'Vámonos.'

Isaac bajo el automóvil del ferry y aceleró a través de la noche, rompiendo todos los límites de velocidad en su carrera para llegar a la casa de Sarah. Cuando Molly llamó y él había escuchado la preocupación en su voz, cada terminación nerviosa de su cuerpo parecía arder. Ni siquiera trataba de hablarse a sí mismo más allá del miedo. Cuando no pudo contactar a Sarah mientras pensaba que estaba con Molly era una cosa, pero...

'*Por favor, por favor, por favor, que esté bien, que esté bien...*' Siseó las palabras entre los dientes apretados.

A mitad del camino hacia la casa de Sarah, vio las luces de freno delante de él. Aceleró para ver la patrulla policíaca de Finn frente a él.

Se detuvieron en la casa de Sarah, al mismo tiempo y cada uno casi cae cuando salieron de sus vehículos.

'¿Dónde está ella?' Isaac se encontró gritando a los rostros pálidos y aterrorizados de Molly y Finn, pero no le importaba. Dio un salto hacia el porche, vio la puerta abierta y entró en la casa.

'¡Sarah! ¡Sarah!'

Pronto los tres de ellos estaban gritando por toda la casa, llamándola por su nombre una y otra vez, pero fueron recibidos únicamente por el silencio y el vacío.

Se reunieron de nuevo en el pasillo. Molly estaba sollozando abiertamente ahora. Finn puso una mano sobre el hombro de Isaac. Isaac, casi trastornado por el miedo, se quedó mirándolo fijamente.

'Isaac, respira. Hagamos un barrido exterior. Mols, ¿Sabes si Sarah tiene alguna linterna?'

Molly asintió y se dirigió al armario debajo de las escaleras sacando dos linternas y se las entregó a los hombres.

'Mols, permanece adentro, enciende las luces. Llama al 911 si no estamos de vuelta en diez minutos.'

Los dos hombres se sumergieron en los oscuros terrenos. Finn se dirigió de inmediato a la casa de botes y buscó, mientras que Isaac se acercó a la camioneta de Sarah. Vio la puerta del lado del conductor que estaba ligeramente abierta, a continuación, con sobresalto, vio sangre sobre la ventana estrellada. Pasó la linterna alrededor de la tierra. La tierra estaba revuelta, había signos de pelea, un enfrentamiento y entonces -su corazón comenzó a latir de manera irregular- los signos evidentes de un cuerpo que había sido arrastrado hacia el bosque.

Dios, no, por favor.

Isaac siguió las pistas, barriendo la luz a lo ancho sobre los densos árboles. El camino no era difícil de seguir, los helechos y las plantas estaban rotos. Sacudía la linterna en sus manos, la luz rebotaba alrededor de los árboles.

La encontró menos de un minuto después. Estaba de espaldas, con el brazo echado por encima de su cabeza. Su hermoso rostro estaba manchado de barro y sangre y sus ojos estaban cerrados. Isaac, le gritó a Finn, se dejó caer de rodillas a su lado.

'¿Sarah? ¿Dulzura?' Él no podía respirar, su pecho estaba

fuertemente oprimido.

Ella dio un gemido bajo y ese sonido era como música para él.

'Sarah, cariño, abre los ojos, querida.'

Sarah abrió los ojos y contempló la oscura cubierta por encima de ella. Su boca se movió, sólo un poco, pero no salió ningún sonido. Cuando Finn saltó del bosque detrás de él, Isaac tomó la cara de ella en sus manos, permitiéndole a ella enfocarse en él.

'Oh Dios, Isaac... ¿está ella bien?'

'¿Bebé? Oh, Dios mío... Por favor Sarah, prométeme que permanecerás despierta, por favor, por favor.

Ella lo miró, se enfocó por un segundo. Ella se estiró y le tocó la cara, le dio una pequeña sonrisa y entonces sus ojos se cerraron de nuevo y su mano cayó, inerte. Isaac entró en pánico, presionó sus dedos en el cuello de ella. Sintió el pulso, débil, pero estaba ahí. Deslizó sus manos por debajo de ella y la cogió en brazos, un Finn aturdido permanecía a su lado. Él llevó a Sarah hacia la casa, Finn detrás de ellos llamaba a la ambulancia aérea, llamaba a la emergencia. En el interior, Isaac la envolvió en una manta, mantuvo la presión sobre sus heridas, Molly a su lado, agarraba la mano fría de su amiga. Isaac la chequeó buscando otras lesiones. Encontró que ella estaba sangrando por un corte profundo en la parte posterior de su cabeza, múltiples cortes y contusiones. Tomó su cara fría entre sus manos.

'Sarah, cariño, ¿puedes abrir los ojos para mí?'

Pero ella no lo hizo y el corazón de él se encogió y se estremeció. Se preguntó con qué habría golpeado a una mujer así.

'El maldito, cobarde hijo de puta,' dijo entre dientes en voz baja mientras acunaba a su amante inconsciente. Molly colocó su brazo alrededor del hombro de él, ella tenía la cara muy pálida, y los ojos rojos.

'Ella va a estar bien, Isaac, ella tiene que estar bien.'

Finn entró, luciendo tan desdichado como ellos. 'La ambulancia aérea está en camino. Jesús, ¿ella está bien?'

Hubo un silencio entonces, Isaac sacudió la cabeza, sin apartar sus ojos de la mujer que amaba, que yacía inmóvil en sus brazos, y con la voz quebrada dijo:

'No. No, Finn, ella no está bien. Ni siquiera un poco. Oh, Dios, Sarah, por favor... quédate conmigo...'

El hospital estaba demasiado tranquilo. En la pequeña sala para familiares, Isaac y Molly esperaban. Sarah había estado en cirugía durante siete horas. Cuando ellos la llevaron, la mirada de preocupación en la cara del médico de la sala de emergencias había asustado a todos. Ella estaba en mal estado, les había dicho el cirujano, la lesión en la cabeza era grave, pero ellos iban a hacer absolutamente todo para salvarla. Se sentaron en la pequeña habitación, observando cada movimiento exterior. En un momento vieron pasar corriendo a un médico, con los brazos llenos de bolsas de sangre e Isaac estaba aterrado de que fueran para Sarah.

Apoyó su frente contra la ventana fría y cerró los ojos. Trató de decirse a sí mismo que ella podía no salvarse, que ella podría morir para que si fuese así, estar preparado. Pero incluso el pensamiento de que Sarah podía morir era suficiente para hacer que él quisiera gritar y gritar y no dejar de hacerlo nunca.

Se escuchó un golpe suave detrás de él y se volvió. Finn. Se había quedado atrás en la isla para ayudar en la investigación Molly se levantó y se echó en sus brazos.

'Hola cariño, ¿Estás bien?' Miró a Isaac. Isaac asintió, sin confiar en sí mismo para hablar.

'Ella todavía está en cirugía,' dijo Molly, dejando a Finn y regresando a sentarse. 'No sabemos si...' la cara de Molly se arrugó y ella dejó escapar un sollozo. Finn colocó su mano en el hombro de ella.

'Mira, tenemos que pensar que ella va a estar bien.' Miró a

Isaac. 'Amigo, estoy aquí para ayudarte. Tenemos buenos oficiales peinando los alrededores de la casa de Sarah, y su interior. Habrá alguna pista '.

Isaac suspiró y se levantó. 'Mira... Me acabo de enterar... Daniel Bailey está de vuelta en Seattle. Lo ha estado por un tiempo.'

Molly dio un grito ahogado. 'Oh Dios... él hizo esto, ¿verdad?'

'No sé a ciencia cierta... pero él es la única persona con algún motivo.'

La cara de Finn parecía de piedra e Isaac se volvió hacia él. 'Finn, acabo de descubrir también que él ha estado fornicando con alguien. Alguien que sabía que estaba de vuelta antes que cualquiera de nosotros.'

Finn dio una risa sin humor. 'Caroline.'

Isaac asintió. Finn suspiró. 'Bueno, odio admitirlo pero es una especie de alivio. Otra razón para no sentirme culpable por dejarla. Me hubiera gustado que me lo dijeras antes, sin embargo, Isaac.'

Isaac asomó una media sonrisa. 'Otra mala decisión de mi parte.' Su rostro se ensombreció. 'Yo hice esto. Yo hice que ella resultara herida.'

'No', Molly se levantó y lo abrazó, 'esto no es tu culpa. Es el idiota que hizo esto. Si es Dan o no, no lo sé.'

Todos levantaron la vista cuando el cirujano llamó a la puerta y entró. Estaba sonriéndoles a ellos, y la sensación de alivio era palpable en el ambiente.

'Ella estará bien. Tiene una grave conmoción cerebral y sufrió un pequeño sangrado en el cerebro, pero eliminamos el coágulo. A ella le tomará un tiempo volver a la normalidad, la mantendremos unos pocos días en observación. Podrán verla en un momento.'

Finn y Molly entraron en la habitación de Sarah. Ella estaba sobre su costado, de espalda a ellos. Isaac estaba sentado, sosteniendo su mano, sin apartar los ojos de su cara. Finn se movió al otro lado de la cama. Su cara, con moretones, hinchada y surcado con puntos de sutura mariposa, estaba arrugada con el estrés. Finn sacó una silla cerca de la cama y se sentó, con la mano en su cabello. Molly los observó durante un tiempo.

'¿No ha despertado del todo todavía?'

Isaac sacudió la cabeza. 'El doctor dijo que debido a que tuvieron que sedarla durante la cirugía ella estará inconsciente durante unas horas. Sin embargo, el tono de su piel está mejor, ¿no te parece?'

Molly no podía verlo, pero asintió para tranquilizar a Isaac. El hombre alto parecía destrozado. Esto era un problema que todo el dinero del mundo no solucionaría.

Finn se aclaró la garganta. 'La policía quiere hablar contigo, Isaac y con Sarah cuando ella se recupere. Les dije dónde encontrar a Dan y ellos han ido a interrogarlo.'

Isaac miró. 'Ojalá no hubieras hecho eso.'

'¿Por qué?'

El rostro de Isaac se endureció. 'Porque quería tratar yo mismo con él.'

Finn se movió. 'Mira, hombre, como tu amigo, como amigo de Sarah, te entiendo. Pero como policía... no quiero oírte decir eso en voz alta otra vez. Por favor.'

Isaac le dio una media sonrisa. 'Lo siento.'

Finn salió de nuevo al pasillo, Molly lo siguió. Él abrazó a su hermana, sintiéndose vacío y agotado.

Había algo más en el fondo de su mente también. Algo que no podía decirle a nadie. Algo de lo cual se dio cuenta cuando vio el cuerpo estropeado y sangriento de Sarah en ese bosque, cuando vio los moretones en su cara, aterrorizado de que ella podría estar muerta o moribunda. Algo que había negado durante casi toda su vida.

Estaba enamorado de ella.

Sarah estaba en un mundo de ensueño de formas e imágenes a medio formar que ella no podía alcanzar. Había un tremendo dolor, ella sabía eso, mientras empezó a emerger de su profundo coma, entrando en un sueño REM, ella comenzó a sentir los efectos de su ataque.

Soñaba que era golpeada una y otra vez, apaleada, maltratada hasta que no pudo soportarlo más y de pronto ella estaba en un recuerdo, un exuberante sueño sensual. Isaac, con el torso desnudo, vistiendo apenas unos pantalones vaqueros azules y una hermosa sonrisa se acercó a ella, la envolvió con sus brazos abrazándola y sosteniéndola muy cerca, susurrando que la quería una y otra y otra vez. Su dolor se fue entonces, mientras los labios de él se movían sobre cada parte de su cuerpo, su boca sobre sus pezones, su vientre, su sexo, el besó cada parte de ella antes de que tomarla, su pene se deslizó dentro de ella con profunda dulzura, una presión extremadamente lenta que hizo que ella se quejara en un largo y estremecido grito de absoluto placer que parecía que iba a seguir y seguir y seguir...

Ella abrió los ojos. Isaac parecía agotado, desgastado. La forma en que sus ojos se iluminaron cuando vio que Sarah estaba despierta hizo que le doliera el estómago pero ella no podía apartar la mirada.

'Hola.' La voz de él era cascajosa. Se inclinó hacia delante y pasó suavemente su mano fría sobre la frente de ella. '¿Cómo te sientes, querida?'

'Te amo,' dijo ella con voz ronca, sintiendo de repente la yesca seca que agrietaba su garganta. Isaac sonrió y ella pudo ver lágrimas en sus ojos.

'Dios, Sarah, pensé que te había perdido.' Él la ayudó a tomar un poco de agua mientras presionaba sus labios sobre ella. 'Te amo mucho. Gracias a Dios que estás bien.' La mano de él acariciaba su cabello y ahora ella disfrutaba de esa sensación, relajándose.

'Tengo una buena razón para vivir.' Ella le sonrió y él se inclinó para besarla de nuevo. Cuando se separaron, ella suspiró feliz. 'Esto es incluso mejor que la morfina.'

Él sonrió. 'Tienes de lo bueno lo mejor, ¿no?'

Sarah asintió, sintiendo que su cabeza flotaba un poco. Ella pasó la mano por el vendaje en su cabeza. '¿Estoy calva?'

Isaac se echó a reír, suavemente. 'No. Ellos se las arreglaron para afeitar tu pelo por debajo para operar. Ni siquiera necesitarás uno de esos conos para evitar que te rasques.'

Sarah sonrió, una sonrisa genuina de diversión. 'Dios, te amo, Isaac Quinn.'

Él se inclinó de nuevo, frotó su nariz contra la de ella. 'Cásate conmigo,' susurró y Sarah sonrió.

'Oh sí…'

'¿Lo harás?' Los ojos de Isaac se iluminaron.

'Por supuesto que sí lo haré, tonto. Pero ¿me haces un favor? Pregúntame de nuevo cuando salga de aquí, cuando esté completamente despierta.' Tan pronto como ella dijo 'despierta', bostezó ruidosamente. Isaac le sonrió.

'Es un trato. Ahora, voy a buscar al doctor, para avisarle que estás despierta.'

Antes de que él llegara a la puerta, ella se había quedado dormida nuevamente.

La recepcionista levantó la mirada hacia él. '¿Puedo ayudarle?'

El hombre sonrió. 'Si. Estoy buscando a mi esposa. Se me informó que la trajeron aquí hace unos días con una lesión en la cabeza. Por favor, estoy muy ansioso por verla… He estado fuera del país durante bastante tiempo…'

Molly podía escuchar la voz de Finn, hablando con alguien en la cafetería. Miró su reflejo en el espejo del baño e hizo una mueca. Se veía desgastado y agotado. No era de extrañar, con todo lo que había pasado por aquí. Se lavó la cara con agua y después fue al frente. Finn estaba hablando con uno de los clientes habituales en el otro extremo de la cafetería.

'Hola, Sis.' Finn sonrió mientras se acercaba al mostrador, y luego le dio un abrazo. Parecía de un humor extraño, casi jubiloso.

'¿Que está pasando? Estás como embelesado.' A pesar de sí misma, Molly sonrió, era bueno ver a Finn feliz, pero observándolo más de cerca, mientras miraba a sus ojos, vio algo más. Enfado.

'Finn.'

Finn se inclinó sobre el mostrador y agarró la cafetera. 'Espera un minuto, sis, algo está a punto de suceder que creo que podrías disfrutar.

Como si la invocara, Caroline entró en el Varsity con Serena, una de sus empleadas, nerviosa a su lado.

'Oh Dios, el coño de Monte Cristo está aquí.' anunció Molly en voz alta. Los pocos clientes que estaban en la cafetería se ahogaron con las risas y Finn sonrió ampliamente.

La nariz de Caroline se levantó en el aire. 'No sé de qué te estás riendo. Sus felices y perfectas pequeñas vidas están a punto de desmoronarse y ni siquiera lo saben.'

Finn suspiró. '¿Crees eso, Caroline?

Caroline sonrió. '¿Cómo está la puta china? ¿Todavía respirando? Es una lástima pero al menos tendrás a alguien por quién masturbarte en la ducha.'

Para sorpresa de Molly, ella vio el color de Finn, sus ojos se incendiaron, y olas de ira salían de él. A toda prisa, Molly se movió alrededor del mostrador y se puso entre ellos dos.

'Tu envidia por Sarah es algo impresionante, realmente muy patética,' dijo Molly, con sus propios ojos clavados en los de Caroline.

'Bueno, ella está a la disposición de él, maldito perdedor inútil. ¿Te llamas a ti mismo hombre?' Ella escupió en la cara de Finn. 'Maldición, ni siquiera pudiste dejarme embarazada. Este bebé no es tuyo, Finn.'

Finn se limpió la cara con calma. 'Cariño, honestamente, nunca pensé que lo fuera.'

Caroline lo miró con incredulidad. '¿Ni siquiera te importa porqué yo te dije que lo era?'

Molly viró los ojos. '¿Será para mantener a Finn atado en tu desgraciada red de basura? o ¿Para jodernos a todos nosotros? Uhm, difícil, déjame pensar.'

'Cállate perra.'

Molly se rio de ella.

Caroline se volvió hacia él. 'Eres un bastardo Finn, y ella no es nada más que una puta china barata. ¿Eres feliz ahora?'

Finn sonrió. 'Sí, Caroline, estoy increíblemente feliz si eso te ayuda a superarlo, sí, estoy en la luna por haberte dejado. La cosa es, lo que nunca te diste cuenta, que Sarah no es una posesión que se transmite de persona a persona. Es una mujer exitosamente independiente, hermosa, una asombrosa maravilla de mujer y el hecho de que ella nos eligió para ser sus amigos, sus mejores amigos, a mí me hace la persona más afortunada del mundo. Siento pena por ti porque has sido demasiado estúpida, demasiado celosa para darte cuenta de lo que tenías cuando lo tenías. Fuimos felices alguna vez, podríamos haber sido felices por siempre, pero tú decidiste elegir los celos y el odio sobre el amor. Entonces perdiste, horror absoluto de ser humano. Tú pierdes.'

Molly lo miró con admirado asombro. Finn miraba a Caroline inquebrantable. Caroline, aturdida, trató de salvar su honor.

'Cada día tú estabas aquí, merodeando a su alrededor como un perro perdido. No lo entiendo. ¿Qué hay en ella que es tan especial? ¿Una cara perfecta?'

Finn fue muy silencioso entonces y a Molly le parecía que todos en la cafetería aguantaron la respiración.

'¿Cuánto tiempo, Caroline?'

Caroline parecía confundida y Finn sonrió.

'¿Cuánto tiempo has estado fornicando con Daniel Bailey - el más *vivo* que nunca Daniel Bailey?'

Para sorpresa de Molly, Caroline sonrió. 'Lo suficiente.'

'¿Así que tu sabías que él regresaría? ¿Hablaste con él acerca de sus intenciones?

Ella parecía engreída ahora. 'Somos honestos el uno con el otro.'

'¿Hacen planes juntos?'

Ella sonrió nuevamente. '¿Acaso es de tu incumbencia ahora?'

Finn asintió con calma. De acuerdo, entonces ¿qué te parece decirlo de esta manera?' Entonces él agarró a Caroline y la empujó sobre una mesa, la esposó y le dio la vuelta sujetándola por sus brazos bruscamente, sin importarle si le hacía daño.

'Caroline Jewell, queda arrestada bajo sospecha de conspiración criminal en el asalto e intento de asesinato de Sarah Bailey. Tiene el derecho a permanecer callada, cualquier cosa que diga será tomada en cuenta y podría ser utilizado en su contra en un tribunal de justicia. Tiene derecho a un abogado. Si no puede pagar un abogado, se le asignará uno. ¿Entiende usted estos derechos que le he explicado, pedazo de mierda? Teniendo en cuenta estos derechos, ¿desea usted hablar conmigo ahora, como por ejemplo, decirme todo lo que Daniel Bailey le ha dicho? ¿No? Creo que no.' Él se estaba burlando de ella y ella comenzó a gritar, a patear, pero él era más fuerte.

'Tú eres un maldito payaso, Finn. Tu preciosa Sarah está enamorada de ese puto millonario. Ella no te quiere.'

Sus gritos se desvanecieron cuando Finn la arrastró al otro lado de la calle y la llevó a la estación de policía. Un segundo más tarde, él se dirigió de nuevo a la cafetería. Al entrar en la tienda, la cara de Finn estaba llena de furia. Se volvió, cerró la puerta con llave. A medida que se acercaba a ella, Molly miraba a su hermano con admiración.

'Amigo,' fue todo lo que dijo, pero Finn asintió agradecido a ella.

'No sé si los cargos serán suficientes pero eso quiere decir que podemos mantener su trasero en la cárcel durante unas horas.'

Molly suspiró. Se volvió hacia Serena, que parecía congelada mientras estaba de pie, con aspecto de niña perdida, alguien que sólo había perdido a su abeja reina. Molly trató de sonreírle, sintiendo lástima por ella. 'Serena, vete a tu casa. Eres libre, puedes hacer lo que quieras. Ve a decirle al resto de tus amigos que están libres también.' Molly lo dijo con una sonrisa y se sorprendió al ver que Serena le devolvió una sonrisa vacilante.

'Sí. Sí,' contesto ella, no sin un poco de alivio, 'así lo haré. Gracias, Molly… Finn.'

Después de que se había ido, Molly y Finn se miraron fijamente durante un largo momento y luego se echaron a reír. Secándose los ojos, Molly le dio a su hermano con el puño en su hombro.

'Hombre, tú eres un genio, Dios, ella nunca superará esa humillación. Así que *bien* vale la pena.' Ella estudió detenidamente a su hermano. '¿Y… ahora qué?'

Finn sonrió con tristeza. 'Intentaré conseguir a la mujer que nunca me di cuenta que quería.'

El sonido irrumpió a través de su sueño. Sarah abrió los ojos y se esforzó para identificarlo. Un flujo constante de agua, alguien cantando. Alguien estaba en el baño. Era una voz masculina. ¿Isaac? Sonriendo, se deslizó de la cama y se dirigió al otro lado de la habitación y luego se detuvo. Se dio cuenta ahora de que esa no era la voz de Isaac. Miró el reloj: 11 am. No, no podía ser. Había estado en el hospital durante más de una semana y ella le había hecho prometer que él volvería a su trabajo.

Temblando, ella caminó lentamente hacia el sonido, entonces gritó en shock.

El hombre en su baño se volvió y le sonrió. 'Oye dormilona, me preguntaba cuando ibas a despertar.'

Sarah sintió que su cabeza daba vueltas, que su estómago se agitaba y aparecieron manchas negras en las esquinas de sus ojos, y en el segundo antes de que ella se desmayara, lo oyó decir. 'Te he echado mucho de menos, mi amor...'

Era Dan.

Maggie trajo Isaac una humeante taza de café y un puñado de mensajes. 'La prensa,' dijo ella, entornando los ojos, 'ellos se han apoderado de la historia suya y de Sarah. Ellos quieren saber -y estoy citando, así que no mate al mensajero– ellos quieren saber *¿Quién intentó matar a la belleza del multimillonario?* Juro por Dios, que *cinco* de ellos me dijeron esas mismas palabras exactas.'

'Mierda' Isaac suspiró y se echó hacia atrás en su silla, 'Bueno, era sólo cuestión de tiempo. Ellos no van a obtener nada de mí, excepto un total *Gracias por su preocupación, este es un asunto privado.*'

Maggie parecía escéptica. 'Sí, eso los calmará.'

Isaac sonrió a su sarcasmo. '¿No te he despedido ya hoy?'

Maggie rio. 'Si, dos veces. Pero en serio, jefe...'

Isaac se echó hacia atrás en su silla y dio un silbido frustrado. 'Déjame hablar con Sarah. Por ahora, si puedes, sólo diles que habrá una declaración, pero mantén el énfasis en que esto es un asunto privado.'

'Entendido.'

Cuando ella regresó a su escritorio, Isaac hizo girar su silla y miró por la ventana. La ciudad era gris con lluvia, hojas que caían, un ruido sordo de un trueno. Gracias a Dios que había pagado por una habitación privada para Sarah. Ellos estaban bien versados en mantener a la prensa a raya. Se preguntó si debía contratar personal de seguridad para su habitación -y luego desechó la idea. Ella se mortificaría con el alboroto y de cualquier forma, con un poco de suerte, pronto sería dada de alta.

Más tarde, caminando de regreso al estacionamiento, pasó cerca de un joyero y miró los anillos de compromiso. Él sabía que a Sarah no le importaría un anillo pero a él sí. Él quería algo inusual, algo tan hermoso como ella. Él la traería aquí y ellos elegirían juntos. *Pronto*, pensó, *pronto*.

Finn se movió con irritación. Quería salir de esta casa, lejos de esta mujer. Quería llamar a Isaac, enterarse cómo estaba Sarah. Caroline se tomó su tiempo leyendo los papeles del divorcio. Ella lo miró con sorpresa.

'¿Estás admitiendo adulterio?

El asintió. 'Caroline, no me importa quién tiene la culpa, sólo quiero terminar con esto. No me importa que te revolcaste con Dan Bailey.' Añadió él mientras ella levantaba la cabeza. Ella se calmó y sonrió burlonamente.

'Yo estaba revolcándome con él desde mucho antes de que él "desapareciera"' murmuró ella.

'Oh, lo sé.' La cara de Finn mostró una sonrisa forzada. Se inclinó para observar la cara de ella. 'Siempre lo he sabido. Pero la verdad es que yo hice trampa mucho antes. Antes incluso de que nos casáramos. No físicamente, no. Pero si emocionalmente. Ahora me doy cuenta que he estado enamorado de Sarah desde el día en que la conocí y nunca me detuve. Ni por un latido.'

Caroline se burló. '¿Crees que no lo sé? Pero no te creo que no te la hayas cogido todos estos años.'

La cara de Finn estaba fría. 'Cree lo que quieras. Yo estaba demasiado ciego para darme cuenta, entonces fui demasiado estúpido para hacer algo al respecto. Es así cómo se supone que los adultos actúen, Caroline. A veces no obtenemos un final feliz -o más bien- tenemos uno diferente a lo que se planificó. El mío será dejarte y finalmente ser libre de su repugnante presencia. Firma los papeles.'

Caroline se levantó y sacó una cerveza fría de la nevera. Ella la abrió y tomó un trago. '¿Qué pasa si no lo hago?'

'Lo harás. Porque si no, voy a arrestarte por conspiración criminal.'

Caroline palideció y Finn sonrió.

'¿Qué?'

Él se movió para poder mirarla. Ella tenía miedo en sus ojos cuando observó su ira.

'Dije, voy a pasar cada hora del día probando que fuiste un co-conspirador en el ataque a Sarah. Que tú robaste propiedad de la policía cuando vendiste la historia a los periódicos. Hasta mi último aliento, Caroline, me aseguraré de que pagues por lo que le hiciste a ella.' Finn logró controlar su mal genio, pero su voz era baja y furiosa.

Caroline tomó otro trago de cerveza y se movió alrededor de él. Estaba temblando. Se sentó, garabateó su firma donde Finn le había indicado. Ella le devolvió los papeles. Finn asintió.

'Gracias.' Él se dio la vuelta para salir.

Los ojos de Caroline se llenaron de lágrimas. '¿Alguna vez me amaste?' preguntó ella en un susurro.

Finn no lo dudó. 'No.'

Caroline lo miró fijamente durante un largo minuto.

'¿Finn? ¿Y qué viene ahora?'

Sin mirarla, él dijo. 'Vendemos la casa, dividimos la ganancia. Te largas de mi isla. No quiero volver a verte o a hablar contigo de nuevo.'

'Finn...' la voz de ella temblaba. Él la miró entonces, con disgusto, con desprecio en sus ojos.

'Adiós Caroline.' Y él salió caminando por la tarde como un hombre libre.

Sarah se alejó de su ex-marido, su respiración se atoró y se enganchó en su garganta. La sonrisa de él parecía amable, pero sus ojos eran fijos y muertos. Él lucía cambiado. Más duro. Su cara una vez delgada era regordeta y su cabello era más fino.

Él dio un paso hacia ella, puso sus manos sobre los hombros de ella y cuando ella trató de quitarse de encima, apretó su agarre.

'No seas tonta, Sarah, ¿por qué luces asustada? Soy yo.'

Su voz, *Dios*, hasta su voz la asustaba, tan suave como era, casi en un susurro tierno. Podía oler su jabón de pino.

'Dan... ¿Qué quieres?' Incluso más que *"¿Dónde demonios has estado?"* ella quería saber eso ¿Que quería él?

Dan se inclinó y la besó suavemente antes de que ella pudiera escaparse. Pasó un dedo por la mejilla de ella.

'¿No es obvio, mi querida nena? Te quiero a ti, Sarah, te quiero de vuelta.'

Ella se quedó mirándolo con horror y su corazón latía fuertemente en su pecho. 'No, no…'

Los ojos de él se oscurecieron, su sonrisa se aplanó en una delgada línea. 'Somos marido y mujer, Sarah.'

Ella se liberó y fue a presionar el botón de llamada. 'Estamos divorciados, Dan. Me divorcié de ti después de que fingiste tu propia muerte y me dejaste. Sal de aquí o voy a llamar a seguridad para que te saquen.'

Él dio un paso hacia ella, sosteniéndola contra la pared, inmovilizándola con el peso de su cuerpo; ella podía sentir el calor de su cuerpo, el olor de su piel.

'Dan... Por favor.'

'Chis, nena, chis. ¿Sabes cómo esto tiene que ser? Voy a perdonar que abriste tus piernas para ese millonario, pero ahora, seamos honestos...' Su sonrisa era aterradora. El miedo era como hielo en sus venas.

'Eres *mía*, Sarah, mía para siempre... no voy a dejar que nadie más te tenga, querida mía,... nunca más...'

Y él presionó sus labios contra los de ella...

Fin de Aquí y Ahora

©**Copyright 2021 por**
Kimberly Johanson
Todos los derechos Reservados

De ninguna manera es legal reproducir, duplicar ni transmitir ninguna parte de este documento en cualquier medio electrónico o en formato impreso. Queda prohibida la grabación de esta publicación y no está permitido ningún tipo de almacenamiento de información de este documento, salvo con autorización por escrito del editor. Todos los derechos son reservados. Los respectivos autores son dueños de todos los derechos de autor que no sean propiedad del editor.

❊ Creado con Vellum

www.ingramcontent.com/pod-product-compliance
Lightning Source LLC
LaVergne TN
LVHW011736060526
838200LV00051B/3196